KB221078

CONTENTS

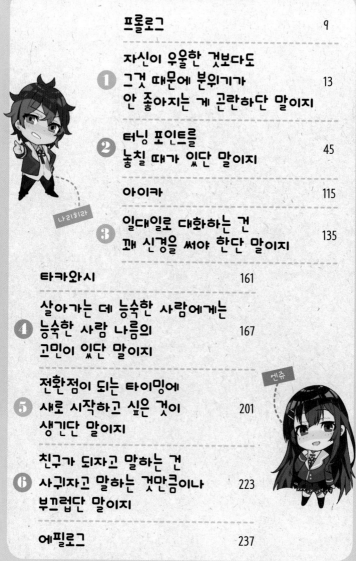

나리히라

엔쥬

ORIGINAL DESIGN : RINA NUMATA

타카와시 엔쥬
TAKAWASHI ENJU

하구레 나리히라
HAGURE NARIHIRA

나는 깨끗하게
단념할 생각이었고,
좋게도 나쁘게도
과거에 상처 입은 일이
많아서 익숙하니까
금방 마음을 추스를
자신도 있었다.
하지만 그러지 못했다.
거기에 타카와시가
얽혀 있었기 때문이다.

아야메이케 아이카
AYAMEiKE
AiKA

모 리 타 키 세 츠 지음

Mika Pikazo 일러스트

나의 고립된 고물리적으로 고교생활

My Highschool Life is Phisically Isolated.

9
NINE

하구레 나리히라
고등학교 2학년생. 1m 이내의 인간에게서 체력을 빼앗아 흡수하는 통칭 '드레인' 능력을 가졌다.

타카와시 엔쥬
나리히라와 같은 반이며 동맹 관계. 다른 사람과 3초간 시선을 맞추면 본심이 전광게시판에 표시되어 버리는 통칭 '마음을 오픈' 능력을 가졌다.

아야메이케 아이카
나리히라와 다른 반이며 친구. 타인의 호감도를 20배 증폭시키는 통칭 '매혹화' 능력을 가졌다.

타츠타가와 에리아스
나리히라의 소꿉친구로 학생회 부회장. 나리히라를 라이벌시, 물을 정화하는 통칭 '순수 조작' 능력을 가졌다.

시오노미야 란란
나리히라의 반에 온 전학생. 물어보면 뭐든 대답해주는 통칭 '메이드장'을 불러내는 능력을 가졌다.

이신덴 사야야
나리히라와 같은 반. 어린 소녀나 어른스러운 누님으로 변할 수 있는 통칭 '사이즈 변환' 능력을 가졌다.

다이후쿠 보쿠젠
고등학교 2학년생. 학생회 서기. 까마귀와 텔레파시로 의사소통할 수 있는 통칭 '까막스피크' 능력을 가졌다.

아사쿠마 시즈쿠
고등학교 1학년생. 남성을 어려워함. 긴장하면 타인에게 모습이 보이지 않게 되는 통칭 '강제 카멜레온' 능력을 가졌다.

묘조 마호
고등학교 3학년생. 전 학생회장. 다른 사람의 인식 수준을 조작할 수 있는 통칭 '최량 자기 재량 일인극' 이능력을 가졌다.

보조 쿄코
나리히라 반의 담임. 세계사 교사. 이능력자가 아닌 일반인. 절찬 결혼 활동 중.

eXtreme novel

프롤로그

어째서 2월 초는 1년 중 가장 추운 걸까.

솔직히 말해서 어중간하다고 생각한다. 1월 초가 가장 추우면 이후로 점점 따뜻해질 테니까 알기 쉽고, 새해 기분으로 다소 추위도 참을 수 있을 것 같다.

보조 선생님의 세계사 수업을 받으며 그런 생각을 했다.

교실도 난방은 확실하게 되고 있을 텐데, 외풍이 드는지 쌀쌀할 때가 있었다. 학교가 최신 건물은 아니니까 단열에 문제가 있는 걸지도 모른다.

내 마음대로 개수 공사를 할 수도 없는 노릇이니, 어쩔 도리가 없나.

선생님의 세계사 수업도 별로 재미없고.

다만 이건 클레임과는 달랐다. 나도 선생님의 기술 탓이라고 생각하지는 않는다.

구조적인 문제였다.

세계사는 배울수록 현대에 가까워진다. 그렇게 되면 외워야 하는 것도 점점 현실성이 커진다. 그러면 천진난만하게 즐기기 어려워진다.

고대 로마 제국이 붕괴하거나 인더스 문명이 붕괴하더라도 그건 남의 일이고, 현대에서 보면 반쯤 판타지지만, 나폴레옹 의 원정쯤부터 현실성이 커진다.

검이나 활로 전쟁하는 시대와 비교하면 총으로 사람을 탕탕 탕 쏘는 시대는 아무래도 무겁다.

물론 밀리터리 오타쿠도 사방 천지에 수두룩하고, 현대 쪽이 더 재미있는 사람도 있겠지만, 적어도 천진난만하게 즐기면 안 된다는 고정관념이 따라붙게 된다.

내가 과거에 간섭할 수 있다면, 세계사 수업의 분위기가 나 빠지니까 너무 전쟁만 벌이지 말라고 위정자들에게 말하고 싶 지만, 그런 일은 불가능하다.

그렇다고 현대에서 고대로 시대를 거슬러 올라가는 방식으 로 수업을 하면 이해하기 어려우니까, 그것도 어쩔 방도가 없 지만.

나는 전부 어쩔 수 없다고 정리해 버리는구나.

어느새 세계사 수업은 끝난 뒤였고, 2월 교실의 추위를 느끼 다 보니 방과 후였다.

아이카에게 차이고 일주일 넘게 지났다.

아아, 차인 건 아닌가.

확실하게 차였다면 이런 찜찜함이 남았을 리 없다. 나는 깨끗하게 단념할 생각이었고, 좋게도 나쁘게도 과거에 상처 입었던 일이 많아서 익숙하니까 금방 마음을 추스를 자신도 있었다.

하지만 그러지 못했다.

이유는 분명했다.

나와 아이카의 문제라고 생각했는데, 거기에 타카와시가 얽혀 있었기 때문이다.

…아니, 이렇게 말하면 타카와시가 잘못한 것 같네. 타카와시가 잘못한 건 아니다. 타카와시 잘못일 리가 없다. 아무런 책임도 없었다.

그런가. 역사가 지금에 가까워질수록 즐길 수 없어진다면, 현재 진행형으로 벌어지고 있는 내 문제는 세상에서 가장 즐길 수 없는 사태겠네….

물리적으로 고립된 나의 고교생활

1 자신이 우울한 것보다도 그것 때문에 분위기가 안 좋아지는 게 곤란하단 말이지

일주일 넘게 내리 우울해 하던 그날 방과 후.

내키지 않는다고 계속 피할 수도 없는 노릇이라, 나는 의식적으로 인관연의 동아리방인 시뮬레이션실로 발걸음을 옮겼다.

교실에는 아사쿠마만 있었다.

"앗, 서, 선배! 안녕하세요!"

그 태도만 봐도 알 수 있었다.

나를 피하고 있다.

피해망상이 아니라 사실이었다.

태도 외의 것을 봐도 알 수 있었다. 아사쿠마, 은근히 희미해졌으니까. 아사쿠마의 이능력 '강제 카멜레온'이 발동되려고 했다.

아사쿠마의 '강제 카멜레온'은 긴장하면 본인이 투명해져 버리는 이능력이다.

이능력이라기보다는 체질이라고 하는 게 맞을 것 같다. 무의식적으로 발동하니까. 투명해지고 싶지 않은데 투명해질 때도 있다. 그런 부분은 내 드레인과 비슷했다.

이'능력'이라는 말은 너무 긍정적이라서 오히려 우리의 어려운 삶을 표현하지 못하는 것 같다.

그리고 쉽게 긴장하는 아사쿠마가 나를 보자마자 투명해지려고 한다는 건, 내가 부정적인 오라를 풍기고 있다는 뜻이다. 아무것도 모르는 아사쿠마도 뭔가 안 좋은 일이 일어나고 있다는 걸 느끼고 있었다….

"응, 아사쿠마, 안녕. 아마 시오노미야도 좀 있으면 올 거야."

일단 인사하고서 빈자리에 앉았다. 최소한 사정을 설명할 수 있으면 좋겠지만, 가능할 리가 없었다.

할 일이 없었기에 수학 숙제 프린트를 꺼냈다.

으음…. 딱히 이상한 일을 하고 있는 건 아닐 텐데 분위기가 안 좋다…. 일상적인 행동이 어색했다….

젠장! 외톨이 상태는 대폭으로 개선되었을 텐데, 외톨이였을 때 줄곧 맛봤던 그 기분이 들다니…! 그리고 아사쿠마에게 폐를 끼쳐서 미안하다!

그러는 사이에 시오노미야가 교실에 들어왔고(아사쿠마가

티 나게 살았다는 기색을 보였다. 이런 것은 알 수 있다), 이어서 타카와시가 따분한 분위기를 풍기며 들어왔다.

"안녕하세요."

시오노미야가 웃어 줘서 조금 위안이 되었다. 나도 "안녕." 하고 대답했다.

다만 절대 미소를 보여 주지 않는 녀석도 있었다.

"오늘은 특히 춥네. 그레 군, 책임져."

타카와시가 늘 그렇듯 부루퉁한 얼굴로 말했다.

"나는 날씨의 신이 아니야."

"네가 그런 대단한 존재가 아니라는 건 알아. 기껏해야 신에게 바쳐지는 제물이겠지."

바로 제물 취급이냐.

타카와시가 잽 수준의 독설을 날린 뒤로 교실은 조용해졌다. 얘깃거리가 없을 때는 각자 원하는 대로 시간을 보내는 것이 인관연의 규칙이었다.

동아리 활동 중이라고는 도저히 말할 수 없지만, 나쁜 짓을 하는 건 아니고, 다른 문화부도 비슷할 거다.

시오노미야와 아사쿠마는 이미 교실을 나간 뒤였다. 아사쿠마는 농구부 활동이 있어서, 그쪽에 가기 전에 시오노미야와 수다를 떨려고 오는 것이었다. 메이드장도 주인을 따라갔다.

아이카가 올지 안 올지 모르겠지만, 오늘은 안 오려나.

내가 교실에서 나왔을 때 5반은 이미 수업이 끝난 것 같았고.

교우 관계가 넓은 아이카가 누군가와 함께 하교했더라도 별로 이상한 일은 아니다.

실제로 최근에는 인관연에 오더라도 곧장 돌아가는 일이 많았다.

뭔가를 본격적으로 하는 동아리가 아니니까 그래도 상관없었다. 지금도 나는 프린트를 펼쳐 놓고 있었고, 타카와시는 매우 재미없어하는 얼굴로 문고본을 읽고 있었다.

저렇게 재미없다는 얼굴로 자기 책을 읽고 있다는 걸 알면 작가는 충격받아 울어 버릴지도 모른다. 평상시에도 저런 얼굴이라 정말로 재미없어하고 있는 건지 아닌지 판단할 수 없지만. 반대로 타카와시가 폭소하는 책이라면 무슨 장르든 확실하게 재미있다는 거다. 나도 집에 가는 길에 역 앞 서점에 들를 거다.

나는 느릿하게 샤프를 움직여 프린트의 빈칸을 채워 나갔다.

시뮬레이션실 안에 대화는 없었다.

뭐, 인관연의 흔한 일상이다.

늘 시끌벅적해야 한다는 규정은 없었다. 조용한 장소를 원하는 사람도 있는 법이다. 집에 가기 전에 숙제를 할 수 있어서 상당히 유익하다고 할 수도 있었다.

응, 아무 문제 없다.

16

군이 문제를 꼽자면 인구 밀도가 낮은 5층은 다른 층보다 춥게 느껴진다는 것 정도밖에 없다.

프린트도 마지막 문제까지 왔다.

"있잖아."

문고본을 양손으로 펼친 채 타카와시가 내 쪽을 힐끗 보았다.

왠지 이건 기본값인 재미없어 보이는 얼굴이 아니라, 정말로 재미없어할 때의 얼굴이라는 생각이 들었다.

내가 뭐라고 묻기 전에, 타카와시는 책으로 시선을 돌렸다.

책을 읽으려는 게 아니라, 나한테서 시선을 돌리기 위한 행동처럼 보였다.

"무슨 일이 있었는지 슬슬 얘기 좀 하지?"

상당히 정보량이 적은 형태의 요구였다.

무슨 말이냐고 질문으로 대답해도 실례가 되진 않을 거다.

하지만 그 정보량만으로도 타카와시가 뭘 말하는 건지 나는 바로 이해하고 말았다.

차라리 쓴웃음을 지으며 둘러댈 수 있다면 좋을 텐데, 그렇게 대충 얼버무릴 수도 없기에 질이 안 좋았다.

타카와시는 이렇게 말하고 있는 거였다.

아이카와 무슨 일이 있었는지 말해, 라고.

그것 말곤 없었다. 오히려 묻지 않는 게 더 부자연스러웠다.

그리고 대답은 정해져 있었다.

"마, 말 못 해…."

말을 안 하는 게 아니라 못 하는 거였다.

말할 수 있을 리가 없었다.

시선이 자연스럽게 수학 프린트의 마지막 문제로 떨어졌다. 그렇게 어려운 문제도 아니고 기발한 문제도 아닌데 풀 수 없을 것 같았다. 단시간에 급격히 어려워진 것 아닌가 하는 생각이 들었다.

타카와시의 작위적인 한숨이 들렸다.

프린트에서 고개를 들 용기가 없었기에 표정은 알 수 없었다.

어차피 재미없다는 얼굴로 문고본을 노려보고 있겠지만, 타카와시 쪽을 최대한 보고 싶지 않았다.

"즉, 말 못 할 만한 일이 있었다는 거네."

타카와시는 몇 글자 안 되는 내 대답으로 검증을 시작했다. 그런 곳에 좋은 머리를 활용하지 마.

"하지만 아야메이케가 그렇게 몹쓸 짓을 할 것 같지도 않고, 그레 군도 너무 비굴하게 군다는 것 말고는 상대방에게 무례하게 구는 상황을 상상하기 어려운데. 비굴하게 굴어서 아야메이케가 분개할 리는 없고."

18

"이상하게 현실적인 분석 하지 마."

하지만 타카와시의 분석도 한계가 있다. 아이카와 나 개인에 관한 분석은 정확하더라도 그게 조합되어 무슨 일이 일어날지에 관해서는 정확도가 높지 않다. 가능성이 대폭으로 늘어나서 완벽히 예측할 수 없을 것이다.

"악의 없는 사람이 모여도 때때로 비극은 일어나잖아…. 그런 거야. 나쁜 사람이 없어도 안 좋은 결과는 나와…."

입 다물고 있기도 싫었기에 가능한 범위에서 살짝 얘기했지만, 말로 꺼내는 것도 힘들었다.

하지만 한편으로 어딘가 마음이 편해지기도 했다.

혼자 속에 담고 있기에는 무거웠던 걸지도 모른다.

"그래? 동물원 데이트 후에 고백하고 차인 거려나."

나는 고개를 번쩍 들었다.

난 동물원에 갔다고 말한 적 없는데!

왜 타카와시가 알고 있는 거지?!

데이트는 타카와시를 의지하지 않고 준비했었다. 동물원을 제안한 사람은 다이후쿠지만, 세팅한 사람은 틀림없이 나였다.

고개를 든 내 시선 끝에는 타카와시의 어이없어하는 얼굴이 있을 뿐이었다.

확실하게 날 보고 있었다. 왜 책을 안 읽는 거냐고 생각했지만, 독서할 수 있는 대화가 아니긴 했다.

"동물원에 갔다는 건 아야메이케한테 들었어. 그 뒤는 묻지 말아 달라는 얼굴이었기에 더 이상은 파고들지 않았지만."

아아, 나한테 들은 게 아니라면 아이카밖에 없다. 이상하게 생각할 일도 아니었다. 휴일에 동물원에 갔다는 것 정도라면 얼떨결에 말할 수도 있고, 말했다고 해서 심각한 문제가 되지도 않았다.

"너도 상대방이 원하지 않는다고 느끼면 배려를 하는구나. 당연히 추격타를 가할 줄 알았는데."

"그거야 상대에 따라 다르지."

타카와시가 먼저 시선을 천장 쪽으로 돌렸다.

마음속 오픈이 발동하기 때문이다. 문제가 될 만한 생각을 안 하고 있더라도, 누군가가 마음을 엿보는 건 즐거운 일이 아니다.

그 마음속 오픈이 나와 아이카에게 강한 영향을 줬다는 것은 타카와시도 모를 거다.

수학 프린트를 접어 클리어 파일에 끼웠다. 더는 여기서 마주할 수 없을 것 같았다.

다시 한번 타카와시의 한숨이 들렸다.

타카와시도 한숨을 쉴 수밖에 없을 거다.

내가 아이카에게 고백하지 못하고 우물쭈물하고 있었다면 얼른 행동하라고 독려할 수 있었을 것이다. 이전에도 그런 말을 했었다.

하지만 행동한 결과 깨졌다면 충고할 수도 없을 것이다.

타카와시도 데이트까지 일이 진행되면 어떻게든 될 거라고 믿었을 거다.

내가 혼자서 계획하겠다고 밝혔을 때 타카와시는 이렇게 말했으니까.

'분명 잘 풀릴 거야.'

그 말에 거짓은 없었을 거고, 나도 믿었다. 당당하게 동물원 데이트를 감행했다.

그리고 실패했다….

"아무튼 어둡게 있지 마. 나도 불편하니까."

나도 이대로 있으면 안 되는 것 정도는 안다.

하지만 어떻게 하면 좋을지 전혀 모르겠다.

"나까지 침울해지고 싶진 않다고. 나는 전혀 관계없는데."

마음속의 내가 이렇게 외쳤다.

관계없기는 개뿔!

너도 엄청나게 영향을 끼치고 있다고!

…그렇게 직접 말할 수 있다면 얼마나 좋을까.

타카와시가 나와 둘이 있을 때 마음속 오픈으로 보여 준 '좋아해'라는 세 글자.

그걸 우연히 보게 된 아이카.

일의 진상은 알 수 없다. 타카와시는 마음속 오픈을 알아차리지 못했기에 그 세 글자의 해석도 하지 않았다. 여전히 모르는 채다. 하지만 아이카는 타카와시가 나에게 호감을 가지고 있다고 판단했다.

그 결과, 나는 아이카에게 차였다.

천국 아니면 지옥의 큰 승부에서 나는 멋지게 지옥으로 떨어졌다.

좋아하는 스타일이 아니라든가, 분수를 알라는 등 나한테 문제가 있는 거였다면 그나마 체념할 수 있었다. 말하자면 그건 넓은 의미에서 내 실력이 부족한 탓이니까. 말을 들은 직후에는 낙담하겠지만, 마음을 추스를 수밖에 없는 일이니, 아이카를 친구로서, 인관연 동료로서 정리할 수 있었을 거다.

하지만 차인 이유가 '먼저 타카와시가 내게 호감을 표현했으니까'인 것은 너무하지 않은가.

그건 내가 어떻게 할 수 있는 범위를 넘어섰다.

물론 이런 일의 이유는 당연히 복합적이고, 아이카도 다른 이유를 들었었다.

아이카는 매혹화 이능력을 해결하지 못했다.

그 이능력은 아이카에 대한 내 마음까지 변질시킨다.

나는 매혹화가 없어도 아이카를 아주 좋아한다고 자신하지만, 아이카 말로는 그 마음이 아주아주 비정상적인 수준의 호감으로 바뀌어 버리기에 문제라고 했다.

그건 진정한 호감과는 별개의 감정이라고.

하지만 그건 부차적인 문제라고 생각한다. 매혹화도 역시 거리 제한이 있는 이능력일 테고, 그렇다면 손쓸 방도는 있다.

처음 만났을 때는 별개로 치고, 아이카와는 여러 번 함께 행동했는데 그렇게 이성을 잃어버리는 일은 없었다. 나한테는 통상적인 연애 감정의 범위였다.

크리스마스의 마음속 오픈 사건(구태여 사건이라고 하겠다)보다는 낫다.

아이카에게 그건 '타카와시가 먼저 고백했다'라는 것이 되는 모양이었다.

그래서 아이카는 그 시점에 포기했다. 그야 친구가 먼저 연애 감정을 가지고 있다고 말하면 물러나는 경우도 있을 것이다. 그야 그럴 것이다.

하지만… 타카와시는 자신의 마음을 **직접 말한 적은 없다**.

물론 타카와시에게 고백받은 적도 없다. 은근히 티를 낸 적도 없다.

고백받지 않았기에 대답할 수도 없다.

뭐, 내가 먼저 날 좋아하냐고 물어볼 수는 있지만… 그건 이론상으로만 가능할 뿐, 어지간히 극단적인 계기가 생기지 않는 한 말할 수 없다.

말해 버리면 돌이킬 수 없다. 타카와시는 '자의식 과잉 이능력도 손에 넣었어? 잔치국수라도 먹어야 하나?' 정도는 진짜로 말할 거다.

그리고 만에 하나 내 질문이 타카와시의 정곡을 살짝 스치더라도, 타카와시가 중학교 1학년의 영어 번역처럼 '네, 좋아합니다'라고 대답할 일은 없다. 저 녀석의 본심이 무엇이든, 나보고 자의식 과잉이라고 할 거다.

그러므로 내가 비참한 꼴을 당할 뿐이다. 진짜 뭐 이러냐고….

즉, 상황을 움직일 방도가 없다!

이게 나랑 아이카 둘만의 문제라면 그나마 방법은 있었다.

사귀어 달라고 한 번 더 부탁하는 등 (이런 건 일방적인 집착 행위와 정말로 구별이 안 되지만) 상황에 변화를 일으킬 수는 있다.

그러나 문제 요소에 타카와시가 끼어 있었다.

그리고 타카와시에게 물어보는 건… 무리다.

이래서는 어떻게도 안 된다. 두 손 두 발 다 들었다.

내가 계속 입을 다물고 있었으니 당연하지만, 타카와시는 다시 책을 읽고 있었다.

너는 진심으로 네가 관계없다고 믿고 있겠지.

어쩔 수 없다. 나도 네 입장이었다면 그렇게 생각했을 거다.

그런 암시적인 세 글자가 보였을 거라고는 생각도 못 하겠지.

이럴 줄 알았으면 크리스마스 당일에 그 자리에서 물어볼 걸 그랬다.

그랬다면 내 멍청한 착각으로 끝났을지도 모른다.

아이카의 오해도 금방 풀렸을지도 모른다.

하지만 내가 그런 일을 할 수 있었을 리가 없다.

마음속 오픈 때문에 타카와시가 얼마나 고통받고 있는지, 나는 알고 있으니까.

아무리 무신경해도 지적할 수 없는 일이었다. 타카와시가 즐겁게 크리스마스를 지낼 수 있도록 못 본 척할 수밖에 없었다.

그렇다면 1월이나 3학기가 시작되고 나서 물어보는 건 가능했을까?

타카와시는 불쾌하다는 얼굴로 이상한 말 하지 말라며 화내기만 했을 거다.

어떻게 해도 그 '좋아해'의 진의는 알 수 없다.

내가 본 것은 타카와시의 생각을 출력한 문자일 뿐, 타카와시의 마음 그 자체는 아니다. 마음은 더 복잡해서 '좋아해'의 올바른 해석 같은 것은 알 수 없다. 타카와시도 그때 어떤 감정이었는지 일일이 기억하고 있을 리가 없다.

그러니까 그 이후에 벌어진 일에도 무수한 가능성 따위는 없었다.

미래는 한 가지뿐이었다.

아이카에게 차인 내가 이 시뮬레이션실에서 절망한다는 현실로 이어지는 거다.

나는 내 나름대로 온 힘을 다했다. 누군가가 악의적으로 방해하지도 않았다.

그렇더라도 결말이 안 좋을 때가 있다.

그게 다다.

"공기가 무겁네."

또 타카와시가 내게 시선을 보냈다. 책은 덮여 있었다.

나는 책상만 보고 있었으니, 혹시 나를 줄곧 관찰했던 걸까.

타카와시의 표정은 결코 즐거워하는 얼굴이 아니었지만, 비난하는 눈빛이라기보다는 연민하고 있는 것처럼 보였다.

마침내 나는 '얼음 공주'한테까지 동정받은 건가.

"해야 할 일을 했는데도 안 됐다면, 딱히 세계가 멸망한 것처럼 굴 필요는 없잖아. 마음 추슬러, 라고 말하고 싶지만, 아야메이케도 추스르지 못했단 말이지. 곤란하게 됐어."

아이카의 이름이 나와서 나는 더 절망적인 얼굴이 되었을 것이다.

"동물원에서 진짜 무슨 일이 있었던 거야? 우물쭈물하는 게 더 나았을 거라는 말은 하지 마."

타카와시도 확연히 당황하고 있었다.

26

내가 망가진 것처럼 보인 걸까.

하지만 이대로 있으면 정말로 인관연이 망가질지도 모른다.

1학년인 아사쿠마를 포함해도 다섯 명밖에 없는 동아리다. 그 다섯 명 중 두 명이 데이트 후 줄곧 어색하게 굴고 있으면 그건 단순히 불편한 공간이다.

인간관계 연구회라는 이름이 이제는 저주처럼 느껴졌다. 나와 아이카는 속절없이 절망적인 인간관계를 만들어 버렸다.

나 자신의 일이라서 연구도 못 한다고…. 역사도 예전에 살았던 타인의 일이니까 객관적으로 연구할 수 있는 거잖아….

그때, 책상에 놓아둔 스마트폰이 진동했다.

멍하니 있었던지라 깜짝 놀라서 의자를 뒤로 끌어 버렸다.

묘조 선배가 LINE을 보낸 거였다.

또 드레인 제어 특훈을 할 거니까, 받을 거면 답장하라고 적혀 있었다.

"약속이 생겼어. 오늘은 이만 간다."

일일이 설명조로 말하고, 나는 자리에서 일어났다.

타카와시는 시선을 피하고서,

"수고했어."

라고 말했다.

그 목소리 톤에는 역시 동정하는 듯한 기색이 섞여 있는 것 같았다.

제대로 결판을 내라고 나를 격려했던 입장이라, 타카와시도 실수했다고 느끼는 걸지도 모른다.

그런 배려는 필요 없다.

그거야말로 쓸데없는 배려고, 아무도 행복해지지 않는다.

지금은 날 그냥 내버려뒀으면 좋겠다.

아예 날 내쳐 버려도 좋다.

…아니, 그런 생각 자체가 타카와시를 의지하려고 하는 거다. 내 나약함이 보여서 괴롭다.

사정을 말할 수 있을 리도 없어서 그대로 시뮬레이션실을 나왔다.

복도로 나왔을 때, 솔직히 살았다고 생각했다.

동시에 그렇게 생각해 버린 것에 죄책감도 들었다.

나도 조금은 달라졌을 텐데. 데이트를 신청하고 고백도 할 수 있었는데.

이 시뮬레이션실을 본거지로 삼은 뒤로 나는 세 걸음 전진하고 두 걸음 후퇴하고 있었다.

인관연이라는 장소도 손에 넣고, 여름 방학에 다 같이 여행을 가기도 하고, 그러면서 다이후쿠 같은 친구도 생기는 등, 평범한 고등학생이라면 너무 당연해서 의식하지도 않는 일을 조금씩 되찾았다.

하지만 연말쯤부터 이어진 아이카와의 관계는….

다섯 걸음 전진하고 다섯 걸음 후퇴했다.

너무 후퇴했다. 그래서는 말짱 도루묵이다.

아니.

5층과 4층 사이의 층계참에서 발을 멈췄다.

사고가 점점 어두워지고 있었다. 이쯤에서 그만두자. 이대로 가면 다섯 걸음은 고사하고 일곱 걸음, 열 걸음, 열다섯 걸음씩 점점 후퇴해 버릴 것 같다. 내향적인 건 성격이니까 바꿀 수 없더라도, 계속 어두워질 필요는 없다.

최소한 드레인 제어 특훈 때만큼은 마음을 전환하는 거다.

특훈 장소인 공원으로 얼른 가자.

당연한 일이지만, 묘조 선배는 아이카와 관련된 말을 하지 않았다.

이 선배라면 의식하지 못하게 대화 중에 섞여 들어서 정보를 전부 듣는 것도 가능했지만, 그런 일은 없었던 모양이다.

자신에 대한 타인의 인식 수준을 자유자재로 바꿀 수 있는, 스파이 활동에 딱 맞는 이능력을 이 사람은 가지고 있었다. 솔직히 말해서 부럽다.

아무리 선배라도 내가 고백하고 거절당한 곳에 있지는 않았을 테고, 아무것도 모른다고 판단해도 되려나. 어딘가 이상하다는 걸 눈치채도 직접 물어보진 못할 거다.

그 대신 선배는 춥다는 말을 되풀이하고 있었다.

한겨울의 공원은 확실히 추웠다.

도쿄는 서쪽으로 갈수록 추워진다. 서쪽 끝인 오쿠타마는 차원이 다르지만, 하치오지도 도심부와 비교하면 3도는 낮다. 심한 날은 최저 기온이 5도 차이 날 때도 있다.

이날도 공원은 웃어넘길 수 없을 만큼 추웠고, 어디서 생겼는지 알 수 없는 바람이 불어서, 선배는 몸을 움츠리고 다리를 바동거리고 있었다.

"으으, 추워! 멈추면 얼어붙을 거야!"

"선배, 추운 날씨에 훈련을 봐주셔서 그건 정말 감사할 따름이지만, 더 춥게 느껴지는 건 치마가 짧은 탓이에요. 좀 더 방한 대책을 세워 주세요…."

선배는 오늘도 공서양속에 반하지 않는 아슬아슬한 라인까지 치마를 짧게 접고 있었다. 다리가 추울 수밖에 없었다.

치마의 짧은 길이보다도 추워 보인다는 점이 더 크게 다가와 민망한 느낌은 별로 안 들었다. 아니, 가끔 시선이 맨다리에 갈 것 같긴 하지만.

"여고생으로 있을 수 있는 기간도 이제 진짜 얼마 안 남았으니 말이지. 깡으로 버텨서 이겨 내겠어! 하지만 가만히 있으면 얼어붙으니까, 조심하지 않으면 진짜 못 움직이게 될 것 같아! 시간 정지물처럼 될 것 같아!"

"그건 하면 안 되는 말이라고!"

야한 농담은 어떻게 대응해야 할지 잘 모르겠다. 타카와시는 그런 타입의 독설은 안 하니까.

어쩌면 타카와시의 독설에도 규칙 같은 게 있어서, 타카와시의 내부 규정에 저촉되지 않도록 조심하고 있는 걸까? 요 1년간 충분하고도 넘칠 만큼 피해를 본 입장에서는 어찌 되든 좋지만.

"그래그래. 추우니까 짧게 끝낼게. 이걸 드레인으로 열화시켜."

공원 벤치에 놓여 있는 것은 식품 샘플 같은 초밥 스트랩이었다(참치 같았다).

사이즈가 꽤 커서 정말로 스마트폰에 달면 걸리적거릴 거다. 단순한 피규어로는 안 팔릴 것 같으니까 일단 스트랩으로 만든 느낌이었다.

"또 이름 모를 의문의 딸이 미소녀 피규어를 쓰려고 했는데, 그건 바람 불면 넘어지잖아~"

"아뇨, 이름은 판명됐어요. 선배가 직접 말했어요. 이제 생각 안 나지만."

"자질구레한 건 어찌 되든 좋으니까, 자, 실시! 이 초밥은 작년에 친구가 기후 현 어딘가에서 사 온 기념품이야!"

친구의 선물을 열화시키는 실험에 써도 되나 싶었지만, 이런 망가지지 않는 물건은 오히려 처치 곤란일지도 모른다.

잡생각을 버리고 드레인에 집중했다.

속이 답답한 지금, 드레인만 생각할 수 있는 건 고마웠다.

조용히 참치에서 힘을 빼앗는 것을 상상했다.

오른손을 살짝 앞으로 내밀고, 거기에 참치에서 힘이 모이는 이미지를 떠올렸다.

몸이 차가워지는 게 느껴졌지만 참았다. 오히려 추워서 집중하기 쉬운 것 같았다.

남들 눈에는 되게 바보 같아 보일 텐데, 이제 그런 느낌조차 들지 않았다.

멍하게 있을 수 있는 기온도 아닌데 멍했다. 눈을 감고 있는 것도 아닌데 잠든 것 같이 되었다.

"응. 오늘은 이쯤에서 그만할까."

"예?"

선배의 말에 현실로 돌아왔다. 초밥과 대면(?)하고서 어느새 꽤 시간이 지난 모양이었다.

"저… 멍하니 있는 것처럼 보였나요? 실제로 그런 면은 있었지만…."

대충대충 한다고 생각한 게 아닐까.

다시 하라는 게 아니라 그만하자고 해서 가슴이 철렁했다. 이런 말에는 자기도 모르는 사이에 비난의 뜻이 담길 때가 있었다.

"아니. 그런 건 결단코 아니야. 결단코."

선배는 고개를 가로저으며 두 번이나 '결단코'라고 말했다.

"오히려 나쁘지 않았어. 음, 이 특훈 시간이 휴식 시간이 된 것 같다고 할까. 이전과 다른 부분이라면 그거지~"

내가 이해할 수 없는 말을 일방적으로 하고서 선배는 참치를 가방에 넣었다.

날이 추웠기에 애프터 토크도 거의 나누지 않고 선배와 나는 해산했다. 나도 굳이 추위를 견디면서 말할 만한 가치가 있는 얘깃거리는 제공할 수 없었다.

시뮬레이션실에, 심지어 타카와시와 단둘이 있는 것보다는 확실히 기분이 편했다.

신경 쓸 사람이 없기에 편하게 있을 수 있었던 것 같다. 아이카와의 문제가 있는지라 인관연에서는 줄곧 긴장했던 걸지도 모른다.

가능한 범위에서라도 좋으니, 인관연에서도 평범하게 행동하고 싶은데 말이지.

우울해 봤자 남들한테 폐만 끼치고 좋은 건 하나도 없다.

긍정적인 사고처럼 보이는 생각을 하며, 자전거를 타고 귀갓길에 올랐다.

다만 이런 의식 개혁을 모두가 인정해 주느냐는 또 별개의

eXtreme novel

『물리적으로 고립된 나의 고교생활』 9권 수량 한정 특별부록 문제라는 것이 어려운 점이었다.

저녁을 먹고 코타츠에 들어가 있는데 전화가 왔다.

발신자는 다이후쿠였다.

왜 전화했는지는 알 수 없었다. 만나기로 약속해 놓고 잊어버린 것도 아닐 텐데.

"어, 나야. 무슨 일 있어?"

일단 전화를 받고서 2층에 있는 내 방으로 이동했다.

어떤 내용이든 부모님이 듣는 건 싫었다. 부모님이 들어도 상관없다고 하는 녀석이 이상한 거라고 생각한다.

[내가 걸어 놓고서 이런 말 하는 건 이상하지만, 굳이 따지자면 무슨 일 있냐고 묻고 싶은 사람은 나란 말이지.]

다이후쿠의 별로 또랑또랑하지 않은 목소리는 내가 계단을 뛰어 올라가는 발소리에 지워질 것 같았다. 뭐, 그렇게 바로 본론에 들어가진 않을 거다. 집이 좁아서 나도 곧장 방에 들어갔다.

[회장이 나한테 그러더라. 나리히라의 모습이 명백하게 이상하니까, 얘기를 들어 줄 수 있을 것 같으면 친구로서 들어 주라고. 아, 회장이라는 건 묘조 선배가 아니라 현 회장이야.]

내 방은 난방을 틀어 두지 않아서 냉장고처럼 추울 텐데, 얼굴이 빨개진 느낌이 들었다.

"진짜? 에리아스가 그런 말을 했다고…."

아이카에게 차인 것은 최대한 티 내지 않으려고 했는데, 남들이 보기에는 부자연스럽기 그지없었던 모양이다.

그렇다면 에리아스는 무슨 일이 있었다고 느꼈을 거다.

가뜩이나 옆자리고, 1월 초에 학생회실에서도… 정말로 이런저런 일이 있었으니까….

[응. 부정적인 오라가 강해졌대. 지나친 생각이라면 상관없지만, 혹시 모르니까 확인하라더라. 직접 확인하라고 했더니, 남자끼리 얘기하는 게 더 편하지 않겠냐는 말을 들었어. 그런 얘기가 나왔는데 나도 무시할 수 없잖아.]

다이후쿠의 목소리는 선심을 베푼다는 어조도 아니었고 짜증을 내는 어조도 아니었지만, 졸린 것처럼 들리기는 했다. 다이후쿠로서는 상사에게 영문 모를 말을 듣고 귀찮았을 것이다.

내가 얼마나 부정적인 오라를 풍기고 있는지 직접 관측할 수 있다면 좋을 텐데. 이미 민폐를 끼치고 있었나.

"미안. 너까지 내 일에 끌어들였을 줄은 몰랐어…."

나비 효과라는 말이 있는데, 그것과 조금 비슷했다. 내가 아이카에게 차인 것 때문에 왜 다이후쿠가 통화료를 내고 통화해야 하는가. 아, 맞다, 이대로 다이후쿠가 건 전화로 얘기하면 안 되겠지.

"네가 돈 내는 건 이상해. 일단 끊어. 내가 다시 걸게."

[나 그렇게 쪼잔하지 않아. 그건 됐고, 뭔가 문제라도 있었어?]

다이후쿠로서는 상황을 전혀 알 수 없으니, 사실 관계를 파악하고 싶을 것이다.

근데 다이후쿠는 나한테 무슨 일이 있는지 먼저 확인해야 하는 입장이구나. 학생회 업무와는 아무런 상관도 없는데 에리아스에게 설명해야 할 책임이 생겼다. 정말로 손해 보는 역할을 시키게 되었다.

묘한 침묵이 흘렀다.

무슨 말을 해야 할지 내가 망설였기 때문이다.

뭔가 문제가 있었는가?

있었다. 그러니 에리아스의 추측은 옳다.

그렇지만 말하기는 어렵다. 아이카의 이름을 꺼낼 수는 없다. 얼버무려 봤자 다이후쿠는 대충 눈치챌지도 모르지만, 어쨌든 아이카를 위해서도 이름을 말하는 건 피하고 싶었다. 아이카가 얽혀 있으니 나만의 문제는 아니었다.

[얘기하기 힘든 일이야? 방금 그 침묵은 그런 뜻이지?]

다이후쿠의 목소리에서 졸린 기운이 날아갔다.

자기 일처럼 들어 주고 있는 것이다.

확증도 없이 부탁받은 일이 친구에 대한 걱정이 되었기 때문이리라.

고맙다. 감사해. 너랑 시오노미야 커플이 영원히 행복해지길 빌게.

이 전화에 대한 대답은 정해져 있었다.

'미안. 말 못 해. 마음은 기쁘지만.'

그렇게 말하면 된다.

그러면 다이후쿠도 분명 납득한다. 자, 말해.

"있잖아, 차였을 때는 어쩌면 좋을까?"

내 입에서 나온 말은 전혀 달랐다.

[어? 막연하게 그런 걸 물어봐도…. 홧김에 라면 곱빼기나 먹으라고 하면 돼? 그런 대답을 바라는 건 아니잖아…?]

얼굴은 안 보이지만, 통화 중인 다이후쿠의 가느다란 눈이 지금은 뜨여 있을 것 같았다.

이런 질문을 하면 누구나 '뭐라고 대답하면 좋지'라고 생각할 거야!

엄청 귀찮은 녀석이잖아! 진짜 미안하다. 나도 이런 질문을 할 생각은 없었는데 무심코 말해 버렸다….

"그… 적어도 남들에게 폐가 되지 않도록, 아무렇지도 않은 척하고 싶은데…. 지금도 에리아스가 이상하다고 눈치채서 너한테까지 파급이 미친 거니까…."

큰일이다. 얘기하면 할수록 영문 모를 말이 되고 있다. 내가 듣기에도 말할 걸 정해 두고서 말하는 게 아니라, 말하면서 생각하고 있다는 것을 알 수 있었다.

내가 대답하는 측이었다면 '그럼 혈색이 좋아 보이는 화장이라도 해. 물리적으로 혈색이 좋아 보이게 하면 되잖아'라고 말하고 싶었을 거다. 좋아하는 스트레스 발산법을 시도하여 알아서 마음을 추스르라고.

전화에서 다이후쿠의 웃음소리가 들렸다.

킥킥거리는 웃음이 아니라 폭소라는 느낌이었다.

소리 내 웃음으로써 사악한 기운을 몰아내려는 것 같다는 느낌마저 들었다.

웃는 게 당연한 행동을 했기에 나도 뭐라고 하지 않았다.

마음껏 웃어 줘. 텔레비전에 나오는 신인 개그맨보다 더, 지금의 나는 웃어 주길 바라고 있었다.

한바탕 웃은 후, 다이후쿠가 [미안, 미안.]이라고 말했다. 별로 미안하다고 생각하지 않는 목소리였다. 애초에 사과할 필요는 없었다.

[동물원 데이트에서 차였구나.]

동물원이라는 장소를 제안한 사람이 다이후쿠이니, 그 정도는 말 안 해도 아는 것 같았다.

"정답이야. 참고로 동물원이라는 선택 자체는 아주 좋았어. 데이트도 즐거웠어. 하지만 차인 것도 사실이야."

말할 필요도 없는 일이지만, 다이후쿠에게는 아무런 죄가 없다는 것을 강조해 뒀다.

[그래서 넌 여전히 낙담해 있는 거고.]

"얼마 안 된 일이니까."

사실은 차인 원인이 특수하기 때문이지만, 그것까지는 말할 수 없었다.

[응. 여하튼 질문에 대한 답이 되진 않지만, 그… 누군가에게 차여서 우울한 거라면, 지금은 우울해하면 되지 않을까?]

나는 다이후쿠의 목소리를 들으며 고개를 끄덕였다.

진지하게 내 문제와 마주해 주는 것이 기뻤다.

아무 말도 안 하면 상대방이 혼란스러울 테니까 "응." 하고 맞장구를 쳤다.

[가벼운 마음이 아니었기에 우울한 거잖아. 그야 1년 전에 실연한 걸 아직도 질질 끌고 있다면 문제겠지만, 데이트 내용도 자세히 기억날 만큼 얼마 전의 일이잖아?]

"응. 1월 말이었어."

[그럼 한동안은 우울한 게 자연스럽지. '차였지만 이튿날 마음을 리셋할 수 있었습니다'라고 하는 게 더 기분 나쁘잖아.]

"응. 이해해."

그래서는 옥수수 스낵 과자보다도 가볍다.

[그러니까 한동안은 상태를 보다가, 기분이 전혀 나아지지 않는다면, 뭔가에 몰두한다든가, 다른 곳에 신경을 돌릴 만한

일을 하는 건 어때?]

다른 사람들한테 민폐이지 않냐고 확인하는 건 그만뒀다. 그 확인 자체가 민폐 행위였다. 본인은 배려하겠답시고 그러는 것인 만큼 더 질이 나빴다.

우울해하는 게 이상한 일이 아니라면, 이대로 있으면 된다. 우울해하지 않는 게 좋겠지만, 그것 때문에 안달해 봤자 소용없다.

"고마워. 진짜, 진짜 도움이 됐어."

스마트폰을 들고서 머리를 꾸벅 숙였다.

아이카에게 차이긴 했지만, 그렇다고 해서 바로 잊을 수는 없었다.

왜냐하면 내 사랑은 아직 제대로 막이 내리지 않았으니까.

그건 아이카도 마찬가지다.

인관연에 와도 웃는 얼굴에 여유가 없었다. 억지로 웃고 있다는 것을 바로 알 수 있었다. 통찰력이 없는 나도 알 수 있는 수준이었다.

그래서 오늘 타카와시도 지적한 거다.

특정한 무언가나 누군가의 문제가 아니라는 건 알지만, 나도 당사자 중 한 명이고, 즉, 가해자이기도 했다.

그러니 아이카가 문제를 해결했다는 생각이 들 때까지는, 다 털어 내고 전부 잊어버렸다는 태도로 있어선 안 된다.

그리고… 아이카도 내가 싫어서 고백을 거절한 게 아닐 테고….

주변에 불온한 분위기를 풍기는 건 좋지 않지만, 별로 폐가 되지 않는 범위에서 내 실패와 함께 걸어가야 한다.

"나중에 내가 한턱낼게."

"그렇게 얻어먹으러 갔다가 또 고민 상담이 시작되면 주객전도니까, 일단은 문제를 해결해 줘."

"알았어. 그건 조심할게."

방심하면 진짜로 저지를 것 같다….

보이지 않는 다이후쿠에게 한 번 더 고개를 숙이고서 통화를 끊었다.

그리고… 에리아스한테도 한마디 말해 둘까.

고민했지만, 에리아스에게 [걱정해 줘서 고마워.]라고 LINE을 보냈다.

솔직히 말하면 에리아스에게 LINE을 보내는 게 꽤 부담스러웠다.

에리아스도 나한테 고백하고 차였으니까.

즉, 나와 비슷한 기분을 에리아스도 경험했을 텐데, 그런데도 나를 걱정해 주고 있었다. 정말 강하다고 생각한다. 내가 반대 입장이었다면 그런 여유는 분명 없었을 거다.

에리아스는 나처럼 질질 끌고 있지 않다. 그렇기에 다이후쿠

에게 연락하라고 시킬 수 있었던 거다, 라고 억지로 해석하려
고 했지만, 내가 어떻게 단정 짓든 진상은 알 수 없다.

LINE을 송신하는 손은 떨렸지만, 그래도 순수하게 에리아스
에게 고마워하는 마음도 있었다.

"고마워, 에리아스."

작은 목소리로 그렇게 중얼거렸다.

고백을 거절한 사람한테까지 걱정 끼치고 있는 나는 아주 최
악이므로 개선의 여지가 있지만….

에리아스한테서는 금방 답장이 왔다.

다행이다. 전혀 반응이 없는 것보다는 마음이 편하다.

하지만 내용을 보고… 나는 다시 한번 확인했다.

[답례는 따로 받을 거니까 괜찮아.]

아니, 답례라니 그게 무슨 소리야…?

마음이 따뜻해지려던 차였는데 갑자기 무서워졌다.

물리적으로 고립된 나의 고교생활

② 터닝 포인트를 놓칠 때가 있단 말이지

에리아스는 교실에서 나를 봐도 '답례'에 관해 아무런 말도 꺼내지 않았다.

옆자리라서 가끔 살펴봤는데, 못된 짓을 꾸미고 있는 듯한 기색도 아니었다. 표면상으로는 평소와 다름없는 키 작은 학생 회장이 있을 뿐이었다.

아주 평범했다. 페트병 뚜껑이 날아오지도 않았다. 늘 페트병 뚜껑을 맞았기에, 안 날아오는 것을 평범하다고 할 수 있는지 판단하기 어렵지만, 일반적인 의미로는 평범했다.

하지만 평범하기에 나는 에리아스가 말한 '답례'가 신경 쓰였다.

이건 자의식 과잉이 아니라 어쩔 수 없는 일이었다.

올해 초, 아직 수업이 시작되기 전의 세이고 학생회실에서 나는 에리아스에게 고백을 받았다.

불과 한 달쯤 전에 있었던 일이니까, 무슨 생각인지 무서워지는 게 사람 마음이다.

심지어 에리아스의 LINE을 보면 '답례'를 하는 사람은 나였다.

뭘 획책하고 있는 거지…?

이 쉬는 시간에도 에리아스는 자기 자리에서 서류 같은 것을 읽고 있었다. 거의 확실하게 학생회 관련 업무일 거다.

나와의 일을 여전히 마음에 담아 두고 있는 것처럼 보이지는 않았다.

다른 곳으로 시선을 돌려 봤다.

타카와시의 자리에는 친구인 이신덴과 다른 여학생도 와서 이야기꽃을 피우고 있었다.

노지마는 이능력으로 만든 과자를 모두에게 나눠 주고 그대로 자연스럽게 대화에 참여하고 있었다. 사람들 사이에 낄 때 저 힘은 진짜 편리한 것 같다.

쉬는 시간으로서 이상한 부분은 아무것도 없었다.

나 혼자 쓸데없는 생각을 하고 있는 것 같았다.

솔직히 말해서 마음속은 대부분 아이카로 채워져 있었다. 이 이상 용량이 차면 수업 시간에 아무것도 기억하지 못할 것 같았다.

그래서 에리아스 때문에 안절부절못하게 되는 건 곤란했다.

그렇다고 답례라는 건 대체 뭐냐고 직접 물어보는 것은 긁어 부스럼이다.

어쩌면 에리아스는 아무런 계획 없이 대충 답장한 것이었을지도 모른다. '다음에 답례할게' '다음엔 네가 도와주면 되지, 뭐' 같은 소탈한 상호작용이었던 걸지도 모른다. 그렇다면 지금은 LINE으로 무슨 말을 보냈는지조차 기억하지 못할 것이다.

아아… 몰래카메라를 기다리고 있는 것 같아서 괴롭다!

아주 예전에 '이 녀석 나 좋아하나…'라고 망상했던 게 그나마 나았다. 그건 기본적으로 긍정적인 방향의 기대였으니까. 기대하는 동안의 정신 상태는 나쁘지 않다.

지금의 나는 불안한 쪽이었고, 무슨 짓을 벌이려는 걸까 의심하고 있었다.

고민에서 해방되어 아무런 생각도 안 하고 싶다.

봄이 되면 혼자 정처 없는 여행이라도 떠날까.

도쿄 방면으로 츄오선을 타면 사람이 많아서 드레인이 있는 몸으로서는 이용하기 까다롭지만, 서쪽의 야마나시 현 방면으로 가면 내가 있어도 방해되지 않는 공간이 차량에 있을 거다.

가능하다면 도시보다 대자연이 풍부한 곳이 좋다.

예를 들어 오츠키에서 노선을 갈아타 카와구치호로 나가면 기분도 전환될 터….

바로 그때 내 시야가 차단되었다.

메이드장이 서 있었다.

대체 뭐지?

이제 메이드장을 보고 놀라는 일은 없어졌지만, 임팩트는 여전했다. 특히나 접근하면 신경 쓰였다. 이런 체형의 생물은 일상생활에 절대로 없기 때문이다.

시오노미야한테 무슨 일이 있나? 일단 메이드장을 피해 교실 앞쪽을 보니 시오노미야는 웃으며 여학생과 이야기하고 있었다. 불온한 분위기는 없었다.

메이드장이 내 눈앞에서 뭔가를 흔들었다.

그제야 메이드장이 뭔가 들고 있다는 것을 깨달았다. 뭔가를 잡을 수 있는 손으로는 안 보이는데, 어째선지 제대로 잡을 수 있었다.

흔들고 있어서 천처럼 보였지만, 흑백 종이인 것 같았다. 클립으로 한쪽이 고정되어 있는 걸 보면 여러 장인 듯했다.

그게 내 책상에 놓였다.

용건이 끝났는지 메이드장은 복도로 성큼성큼 나갔다.

어? 시오노미야한테 안 돌아가는 거야?

메이드장이 신경 쓰이긴 했지만, 쫓아갈 정도로 관심 있는 것은 아니었기에 종이를 훑어보았다.

카와구치호 주변의 관광 안내 같은 것이 적혀 있었다.

그 밖에도 후지요시다와 오시노핫카이 부근의 추천 장소가 글자로만 설명되어 있었다.

말하자면 후지산 북쪽(야마나시 현 쪽)의 관광지 소개였다.

그렇구나, 그렇구나.

메이드장, 친절하게도 나를 위해 이런 걸 준비해 줬구나, 라고 할 것 같냐고!

메이드장, 어떻게 내 생각을 안 거야…?

카와구치호를 생각한 것도 약 1분 전에 완전히 즉흥적으로 떠올린 거였는데? 가령 마음을 읽을 수 있더라도 이런 걸 준비할 시간은 없잖아!

공포 장르의 고민과 불안까지 추가하지 말아 줬으면 좋겠다. 참으로 유감스럽습니다.

다만 내용 자체는 참고가 될 것 같으니 보관해 두자.

도움이 안 되더라도, 생판 모르는 사람이 가져온 것도 아니고, 받은 직후에 버릴 순 없으니까…. 적어도 '미안하지만 이거 필요 없어' 정도는 말하고 나서 버려야지.

에리아스의 '답례' 발언을 신경 쓰지 못할 일이 벌어진 사이에 수업종이 울렸다.

메이드장도 그렇고 에리아스도 그렇고, 구체적으로 말해 줘. 연락 사항이 제대로 이루어지지 않아서 쓸데없는 고민이 발생하고 있다고. 이건 개인의 노력으로 대부분 해결할 수 있는 문제야. 깊이 생각하면 뭔가 의미가 있을 것 같아서 신경 쓰인단 말이다.

할 일이 없었기에 관광 안내를 훑어보았다.

카와구치호는 역에서 직선거리로 500미터밖에 안 된다는 것을 알았다. 정말로 그게 다였고, 실은 스파이의 메시지처럼 시오노미야의 말이 적혀 있다든가 하는 것도 없었다.

시험 예상 문제도 가져와 주면 고마울 텐데 말이야.

의문점이 늘어난 채 모든 수업이 끝났다.

그다지 오지 않길 바랐던 시간이지만, 도망칠 수도 없었다. 인관연에 가야 했다. 심적으로는 친구가 한 명도 없었을 때의 아침 식사 시간과 비슷한 심정이었다.

다만 그때와 다른 점은 지금의 내 상황이 내가 움직여서 만들어진 상황이란 것이었다.

아무것도 안 하고 친구가 없는 채로 가만히 있었다면 이런 국면도 오지 않았겠지만… 아무것도 안 했을 때가 확실하게 더 불행하다. 비교할 필요도 없다.

그렇기에 나는 오늘도 차분하게 시뮬레이션실로 간다.

교실을 나서는 타이밍이 겹쳐서 타카와시와 거의 동시에 이동하게 되었다.

목적지가 같고 출발 지점도 같기에 흔히 있는 일이었다.

드레인 때문에 타카와시가 내 1m 이상 앞을 걸어가는 행진 같은 형태가 됐지만, 인관연 내에서 이건 같이 걷는 것에 포함되었다.

"얼마 뒤면 기말고사네."

계속 침묵하는 것도 불편하므로, 대수롭지 않은 말을 꺼냈다.

내가 생각하기에도 얘깃거리가 이것밖에 없나 싶은 수준이었지만, 요즘에는 타카와시 상대로 일일이 센스 있는 말을 할 생각도 없으니 상관없다.

친한 사람끼리 매번 센스 있는 말을 하지는 않을 거다. 오히려 친한 사이일수록 대수롭지 않은 일로 깔깔거리며 웃는다고 생각한다.

"시험이랑 날씨 얘기를 화제로 꺼내는 건 금지해도 될까?"

확실하게 추궁받았다.

"괜찮은 말이 매일 떠오르진 않는다고. 재치에는 한계가 있어. 일주일에 한 번 만나는 거라면 얘깃거리를 보충할 수 있겠지만, 같은 동아리면 힘들잖아."

"'나는 제 실력을 발휘하지 않았을 뿐' 이론은 단순한 도피야. 그 발상으로 완벽하게 자기를 방어하려면 죽을 때까지 제 실력을 발휘하면 안 되니까, 인생을 버리는 거지."

"이런 일로 인생에 관해 설교하지 마. 너는 툭하면 설교하더라."

종렬로 이동 중인데 의외로 대화가 이어졌다.

서로 상대의 목소리를 알아듣는 기술을 익힌 걸지도 모른다.

잠시 침묵이 흘렀다.

이럴 때의 침묵은 무섭다. 지금도 어디서 지뢰를 밟은 건 아닌지 걱정되었다.

"설교하고 싶어서 설교하는 건 아니야."

그렇게 말하고 타카와시가 우뚝 멈춰 섰다.

5층 복도 중간에서.

얼굴이 보이지 않으면 말의 정보량은 확 감소한다.

"그레 군한테 불안 요인이 너무 많은 게 문제야. 아예 불안정 요인이려나."

"미안. 그건 내 책임이야."

바로 사과가 나왔다.

전부 추상적인 표현이었지만, 서로 똑같은 생각을 하고 있다는 건 알 수 있었다.

타카와시는 나와 아이카의 관계가 이렇게 되리라고 생각하지 않았고, 책임도 느끼고 있는 것이다.

타카와시는 가장 중요한 이유를 여전히 모르고 있었다.

그리고 나도 아이카도 그 이유를 말하지 못하고 있었다.

왜냐하면 거기에 '좋아해'라는 세 글자가 들어 있으니까.

미안. 너한테는 블랙박스 속의 일이라서 무슨 일이 있었는지 모르겠지.

하지만 나도 계속 축 처진 기분으로 지내진 않을 거다. 나는 1년간 움직이는 것만큼은 배웠으니까.

뭐가 꼬여 있는지는 안다. 때가 되면, 즉, 움직여야 하는 기회가 생기면, 나는 제대로 할 거다.

오히려 움직이고 싶어도 움직일 수 없는 상황이라서 괴로워하고 있는 거였다.

"하지만 나도 성장하긴 했다고 생각해. 내 나름대로 행동할 테니까 기다려 줘."

이상한 간격이 생겨서 '하지만'의 의미가 전달되기 어려워졌지만, 어쨌든 긍정적인 발언은 할 수 있었다.

그리고 다시 침묵이 흘렀다.

그래도 아까처럼 불편한 침묵은 아니었다.

이건 타카와시가 정리하기 위한 침묵이었다.

"아야메이케의 사정도 있으니까 그레 군만의 문제는 아니야. 네가 결정했어도 해결되지 않을지도 몰라. 그러니까 근거 없는 말은 쉽게 하지 않는 게 좋아."

"맞아. 나 혼자 근력 운동해서 근육 만드는 그런 얘기는 아니지."

"뭐, 마음만이라도 긍정적인 건 성장 아닐까?"

다시 타카와시의 발이 앞으로 움직이기 시작했다.

믿어 주고 있는 것 같았다.

이래 봬도 동맹을 맺은 사이니까 당연할지도 모르지만.

시뮬레이션실에서는 시오노미야가 아사쿠마와 이야기하고 있었다. 아사쿠마에게 시오노미야는 진심으로 존경할 수 있는 선배겠지.

"그럼 밸런타인 얘기는 전혀 안 나오는 거군요."

"맞아요. 운동부는 자기가 먹을 걸 더 신경 쓰니까요. 훈련이 끝나고 학생 식당이 열려 있으면 저녁 먹기 전에 한 끼 더 먹고 싶어요."

"그런가요. 뭐, 밸런타인을 신경 쓰지 않는 건 주로 여자에게 받는 측이라서 그런 걸지도 모르지만요."

시오노미야가 아사쿠마의 전신을 핥듯이 바라보았다.

표정은 매우 장난기가 넘쳤다.

"잠깐만요, 스승님! 그런 식으로 놀리지 말아 주세요!"

아사쿠마가 들고 있던 종이를 팔락팔락 흔들었다.

그러고 보니 아사쿠마의 별명은 아서왕이었지…. 여자들한테 아주 인기가 많았을 터. 인관연에 있을 때는 별로 왕 같지 않아서 깜빡했다.

현실의 강함은 RPG의 스테이터스처럼 계측할 수 없지만, 시

오노미야는 확실하게 강해진 것 같다. 성장했다기보다 진화했다고 표현하는 것이 더 정확하지 않을까?

처음 전학 왔을 때는 나와는 다른 장르로 어긋나 있어서 겉돌 때도 있었는데, 이제는 그런 모습이 전혀 없었다.

아사쿠마도 그런 선배가 가까이 있어서 든든할 거다. 운동부 내의 선후배 상하 관계는 꽤 엄격할 것 같고, 그것과는 다른 부분이 시오노미야와의 관계에 있지 않을까? 농구부 선배보다는 훨씬 친구에 가까운 선배라고 할까.

"뭐, 다이어트로 고민하는 것보다는 한 끼 더 먹으려고 하는 게 건강하긴 하죠."

"운동하며 땀을 흘리는 게 다이어트보다 힘든걸요."

아사쿠마가 이번에는 들고 있는 종이로 얼굴에 부채질을 했다.

대체 무슨 종이를 들고 있는 건가 했는데, 카와구치호 주변 관광에 관해 적혀 있는 그 종이였다!

어라? 메이드장은 모두에게 나눠 주고 있는 건가? 나를 위해 그러는 거라면, 미안하지만 순수하게 무서우니까 그만둬 줬으면 좋겠다. 편하게 마음을 읽지 말아 줬으면 좋겠다.

아니면 시오노미야가 기획한 것이 우연히 내 생각과 일치한 건가? 카와구치호는 확실히 하치오지에서 꽤 가까우니까 겹칠 수도 있지만. 봄 방학에 당일치기로 여행 가려는 계획이라도 있는 걸까.

하지만 그렇다면 시오노미야가 뭔가 말할 것 같은데….

복도에서 발소리가 다가왔다.

5층을 걷는 사람은 한정되어 있기에 대충 예상이 갔다.

"여러분, 안녕하세요! 아이카, 오늘도 씩씩하게 도착이에요!"

아이카가 오른손을 들고서 시뮬레이션실에 들어왔다.

나는 아이카를 힐끗 보고서 다시 시선을 시오노미야와 아사쿠마 쪽으로 돌렸다. 대화에 끼지는 않지만 일단은 같은 그룹이라는 거리감을 만들었다.

계속 아이카를 보는 것도 이상했고.

웃으며 아이카를 맞이할 여유는 아직 내게 없지만, 그래도 아이카가 와 주는 것만으로도 고마웠다.

이대로 아이카가 인관연에서 멀어지는 건 아닐까, 하는 두려움이 내 안에 있었다.

아이카도 나도 여기 오는 게 불편한 건 확실했고, 심지어 이곳은 아무런 강제력도 없었다.

오고 싶어서 오는 장소는 오기 싫으면 다시는 안 올 수도 있었다.

기분 탓일지도 모르지만, 동물원 일이 있고 나서 아이카는 인관연에 온 날에도 오래 있지 않고 금방 돌아가는 일이 많아진 것 같다는 느낌이 들었다.

그래서 아이카의 얼굴을 인관연에서 볼 수 있는 것만으로도 안도가 됐다. 만약 아이카가 전혀 오지 않게 된다면 내 정신 상태는 아주아주 심각해질 거다.

하지만 아이카가 인관연에 와 주는 것도 언제까지 유지될지 모른다.

타임 리미트가 있을지도 모른다는 생각은 해 두는 게 좋다.

"오든 안 오든 상관없지만, 어쨌든 기말고사 공부는 본격적으로 시작하는 게 좋아."

타카와시가 늘 그렇듯 포용력이 없는 대답을 했다.

너도 갑자기 시험 얘기로 대응하지 마. 나랑 거의 똑같잖아.

"그런 얘기는 좀 더 나중에 해 줬으면 좋겠는데요…. 아직 '2월이 됐구나~' 하는 시기잖아요…."

아이카는 힘없이 벽에 기댔다.

연기처럼 보이지만, 비교적 진심으로 기말고사를 생각하기 싫은 걸지도 모른다. 나도 별로 생각하고 싶지 않으니까, 성적이 별로 좋지 않은 (타카와시라면 성적이 나쁘다고 확실히 말하겠지만) 아이카라면 더더욱 생각하기 싫을 거다.

"정말로 얼마 안 남았으니까 일정은 확인해 둬. 2월 말이면 벌써 시험이니까. 2학년의 끝이라고 해도 3학년의 시작이 바로 이어지니, 너무 긴장 풀고 있다가 혼쭐나지 않도록 조심하는 게 좋아. 뭐, 네 인생이니까 네 마음대로 하면 돼."

아무것도 모르는 사람이 듣는다면 시비 건다고 생각하겠지만, 이게 타카와시의 통상적인 커뮤니케이션이란 말이지. 그건 그것대로 문제인 것 같지만.

타카와시는 아이카의 눈을 힐끗 보았다.

마음속 오픈이 있는 타카와시는 상대방의 얼굴을 오래 보지는 못한다. 눈을 맞추는 것은 너를 소홀히 대하고 있는 건 아니라는 의미가 담겨 있었다.

"가르침을 청하는 태도를 보인다면 도와줄 수도 있어."

"부, 부탁드릴게요! 에링이 없으면 낙제점을 받을 거예요!"

"낙제점을 받느냐 마느냐 하는 수준의 문제가 아니야. 입시와도 연결되는 걸 생각하면 장래와 직결된 일이니까."

타카와시는 이제 시선을 창문 쪽으로 돌리고서 말하고 있었지만, 딱히 무례한 태도는 아니었고, 늘 이랬다.

나는 마음속으로 타카와시에게 깊이 감사했다.

뭔가 최근 타카와시에게 자주 고마워하는 것 같다.

타카와시는 아이카가 인관연에 올 이유를 능숙하게 만들어 줬다.

나와 아이카를 타카와시는 확실히 응원해 주고 있었다.

…정말로 아이카의 성적이 위험하다고 걱정하고 있을 가능성도 있지만, 아이카의 성적도 안전권에 들어간다면 그게 가장 좋긴 했다. 연애나 사랑 같은 걸 빼고 보더라도 아이카의 성적

은 비교적 큰 문제다.

"그래. 그럼 영어나 세계사에서 모르는 게 있으면 가르쳐 줄게. 근데 거의 다 모를 것 같으니까 내가 문제를 내는 게 더 빠르려나. 보나 마나 뭘 모르는지도 모르는 상태겠지."

타카와시는 가방에서 참고서를 꺼냈다.

"저기… 아이카는 특히 수학을 모르는데, 영어나 세계사로 괜찮은 건가요?"

아이카는 쓴웃음을 지었지만, 쓴웃음으로 넘어갈 성적이 아니라는 것을 인관연 사람들은 알고 있었다. 예전에 타카와시가 아비규환을 일으키는 성적이라고 말했었다. 참고로 아이카는 아비규환이라는 말 자체를 몰랐고, 이에 타카와시는 소지천만이라고 말했다.

"너 어차피 수학 배점이 높은 대학은 응시 안 할 거잖아. 그러니까 버리겠어."

타카와시가 까놓고 말했다.

"외우지 않아도 된다니, 마음이 편해졌어요!"

아이카의 기분이 알기 쉽게 들떴다. 생기(?) 있어 보이는 아이카를 오랜만에 본 것 같다. 아이카가 다른 누군가와 얘기 중인 상태라면 나도 시선을 보낼 수 있었다.

"그건 바꿔 말하면 내가 널 포기했다는 뜻인데, 그건 이해하고 있는 거야?"

"가르치는 측이 포기했다고 말하면 안 돼요. 설령 사실이어도…."

시오노미야의 말은 아이카를 두둔하는 건지 공격하는 건지 알 수 없었다. 지금의 시오노미야는 말 속에 독을 넣는 능력도 있으니까….

그렇게 시험공부가 인관연의 일상 같은 것을 되찾아 줬다.

무엇이 복이 될지 참 알 수가 없다.

어려움이 닥치면 사람들이 결속할 때가 있는데, 이것도 그런 사례인 걸까.

"이런 걸 어떻게 알아요!"

"그래? 몰라도 상관없어. 지금 외우면 되니까. 자, 죽을 각오로 외워."

"죽을 것 같아요…."

"죽을 리 없으니까 외워."

말만 들으면 뭐 하는 건지 알기 어렵지만, 세계사를 공부하고 있는 것 같았다.

나와 시오노미야도 잡담할 분위기가 아니게 되어서 각자 자습 중이었다. 아사쿠마는 농구부에 갔다.

이렇게 공부할 수 있으니 인간관계 연구회는 실용적인 동아리라고 말 못 할 것도 없지만, 여전히 컨셉이 애매한 동아리라고 생각한다. 그렇다고 매일 인간관계에 관해 진지하게 얘기하는 건 기분 나쁘니 참 어렵다.

"아니, 근데… 이래도 되나?"

의문이 입에서 나왔다.

"무슨 문제라도 있나요?"

시오노미야가 고개를 들었다.

"아아, 아니, 지금까지 인관연은 트럼프의 조커 포지션으로 이래저래 여러 가지 활동에 협력했는데, 3학기에는 그런 게 없다 싶어서."

인관연은 세이고의 잉여 병력 같은 거라서 지금까지 각종 이벤트에 징발되었다. 할로윈에도 크리스마스에도 동원되었다.

쓸데없다면 쓸데없지만, 실제로 이벤트를 돕기도 하듯이, 잉여는 잉여대로 중요하다. 개미굴에도 평소에는 놀고 있는 개미가 있지만, 노는 녀석이 없으면 위험한 상황이 발생했을 때 대처할 수 없다는 모양이다. 다만….

"한가로운 건 고마운 일일 텐데, 계속 대타 요원으로 벤치에 있는 느낌이라서 이건 이것대로 불편한 것 같아."

"할 일이 별로 없으니 좋잖아. 그레 군은 누가 명령하지 않으면 할 일을 못 찾는 타입이야?"

타카와시가 일일이 짜증 나는 말을 했다.

"지금도 제대로 자습하고 있거든?! 그 왜, 구체적인 활동을 안 하는데 동아리로 용인되는 건가 하는 생각이 든 거야."

"안 된다면 학생회 쪽에서 뭔가 말하겠지. 우리가 먼저 괜찮냐고 물어보면 상대방이 원하는 대로 되는 거야."

타카와시의 말은 매서웠지만, 하고자 하는 말은 이해가 갔다.

이쪽에서 물어보면 잡무를 떠맡게 될 위험이 너무 크다. 봉이 되는 거다.

그리고 이것과는 전혀 관계없는 일이지만….

아이카는 대화에 참여해 주지 않는구나.

시뮬레이션실에 아이카가 들어오고 나서 한 번도 아이카와 대화하지 않았다.

굳이 따지자면 아이카가 들어왔을 때 인사한 게 있지만, 아마 카운트에 들어가지 않을 거다. 그건 모두에게 한 인사니까.

내가 과하게 신경 쓰는 것이기도 할 거다. 사람이 여러 명 있으면 이 사람과 저 사람이 대화하지 않는 일도 드물지 않다. 패널석에 앉아 있는 연예인이 사회자에게 한 번도 지목받지 못하는 것과는 의미가 다르다.

게다가 아이카는 교실에 들어오고 나서 대부분의 시간을 공부에 썼으니, 말할 기회 자체가 적었다.

곧장 변명이 여러 개 떠올랐지만, 그렇게 변명을 생각하는 것 자체가 내가 신경 쓰고 있기 때문이겠지….

애초에 신경 쓰인다면 내가 먼저 말을 걸면 된다. 물리적인 벽 같은 건 전혀 없으니까.

그런데 나는 그러지 못하고 있었다.

이 꼴을 보아하니 깔끔하게 마음을 접지 못하고 질질 끌게 생겼다.

'2월이 되었으니 새로운 마음으로 새로운 생활을 시작하자!'라는 게 불가능하다는 건 알지만, 주변에 너무 걱정 끼치지 않는 선에서 그치고 싶다.

또 에리아스가 다이후쿠에게 확인하라고 명령이라도 하면 다이후쿠에게 너무 폐가 된다.

그런 의지는 있는데… 말은 쉬워도 실천은 어렵다.

그때, 복도에서 뚜벅뚜벅 발소리가 들렸다.

심지어 한 명의 발소리가 아니었다. 대체 뭐지?

복도를 지나는 녀석이 들여다보는 게 싫다는 이유로 평소에 닫아 두는 문이 열렸다.

"여긴 언제 와도 우중충하네."

평소보다 30%는 더 우쭐대는 에리아스가 서 있었다.

그 뒤에서 다이후쿠가 인사하듯이 내 쪽으로 손날 부분이 보이게 오른손을 들었다.

"뭐야? 일일이 디스하러 올 만큼 학생회는 한가해? 아니면 5층까지 왕복하면 운동이 되는 걸까?"

타카와시가 즉시 임전 태세를 보였다. 정말 한결같다고 생각한다.

반면 아이카는 "수고 많아요~♪"라며 쾌활하게 대답했다. 알기 쉽게 음과 양의 차이가 있었다.

"공교롭게도 학생회는 그리 한가롭지 않아. 그러니까 도와줬으면 좋겠….."

"거절할게."

에리아스가 전부 말하기도 전에 타카와시가 딱 잘라 거절했다.

"아니, 얘기는 끝까지 들어 줬으면….."

"드리코, 드리코, 스포드리코, 오늘도 씩씩하네, 물맛이 참 좋구나."

"멜로디 붙여서 이상한 노래 부르지 마! 제발 얘기를 들….."

"드리코라고 하니까 생각났는데, 옛날에 '도리코노'라는 인기 음료가 있었대. 건강에 좋을 것 같은 달콤한 주스 같은 거였을까?"

다이후쿠가 "죄송합니다. 그쯤에서 봐주세요."라고 말하며 저자세로 나왔다.

"알면 됐어. 그런 성의가 보고 싶었던 거야."

에리아스는 아직 뭔가 하고 싶은 말이 더 있는 것 같았지만, 이 승부, 타카와시의 압승이다.

도발에 관해서는 타카와시를 이길 자가 거의 없다. 타카와시를 능가하는 녀석들만 우글거리는 집단 같은 건 없었으면 좋겠다.

어중간하게 우리의 신경을 건드리는 말을 꺼낸 에리아스는 처음부터 졌던 거다.

근데 에리아스는 뭐 하러 온 거지?

타카와시를 보던 에리아스의 시선이 내 쪽으로 이동했다.

"인관연이 졸업식 준비를 도와줬으면 좋겠어."

그때, 머릿속에서 작은 아하 체험이 일어났다.

'답례는 따로 받을 거니까 괜찮아.'

그 '답례'라는 건 인관연이 또 학생회를 위해 일한다는 거였나?!

그건 너무 과한 답례잖아. 범위가 크다. 나 말고 다른 애들한 테도 영향이 미친다.

"싫어."

또다시 타카와시가 곧장 반격했다. 도발의 프로인 타카와시는 반격을 망설이지 않는다. 1초 늦은 판단이 상황을 악화시킨다는 것을 알기 때문이다.

"졸업식 준비라면 인관연은 적당하지 않아. 금년도에 생긴 인관연에는 재적했던 선배가 한 명도 없어. 이런 건 3학년이 많이 재적해서 신세 졌다고 느끼는 하급생이 많은 동아리에 부탁하는 게 도리 아니야?"

타당했다. 단순한 억지 이론이 아니라 수긍할 수 있는 내용으로 반박하는 것이 타카와시의 대단한 점이라고 생각한다.

하지만 에리아스도 여기까지 온 이상 물러날 수 없을 것이다.

뭔가 비장의 카드를 준비했을 터.

에리아스는 씩 웃었다.

"그러면 아마 인간관계 연구회의 3학기 활동 실적이 아무것도 없게 될 텐데, 괜찮겠어? 최악에는 내년에 폐부하자는 얘기가 나올지도 몰라."

그렇게 된 건가.

이 녀석은 인관연이 뺄 수 없다는 것을 알고서 온 거다.

방금 막 이 동아리가 3학기에 활동다운 활동을 전혀 안 했다는 얘기를 한 참이었다. 3학기는 짧지만, 그렇다고 해서 3학기에 아무것도 안 하는 건 인상이 안 좋다.

특히나 인관연은 문화제 때 출품할 만한 성과물이나 대회도 없으니, 시뮬레이션실에 모여 있는 것이 곧 활동이라고 인정받기는 어려웠다.

폐부될 것 같은 상황이라면 뭔가 공헌을 보여 줄 수밖에 없나.

"이건 곤란하네요. 인관연을 소멸시킬 수는 없어요."

시오노미야도 고개를 틀었다.

아이카도 이건 어쩔 수 없다는 표정을 짓고 있었다.

하지만 여기서 수긍하려고 하는 우리는 교섭의 초짜였다.

이곳에는 교섭의 프로도 있었다.

"이 동아리가 내년도에 사라진다면, 그래도 상관없어."

타카와시가 간단히 말했다.

"뻔뻔하게 나오는 거야?! 그건 비겁해!"

에리아스가 평소보다 높은 목소리로 항의했다.

타카와시의 발언이 의외였겠지….

"회장, 그건 뻔뻔하게 나오면 어쩔 도리가 없다는 말로 들려요."

다이후쿠가 담담히 달랬다. 그 말도 우리한테 들린다는 게 문제지만.

그리고 일일이 '어쩔 도리가 없다는 말로 들린다'라는 표현을 쓰는 걸 보면, 다이후쿠도 반드시 에리아스 편은 아니라는 거다.

"폐부되면 인생 문제 연구회 같은 걸 대충 만들어서 새롭게 시작하면 돼. 어차피 동아리의 이름과 내용에 관련성이 없으니까 뭐든 상관없잖아."

"그러니까 그런 건 비겁하다고! 이 동아리에 애착이라고는 전혀 없는 거야?"

아아, 역시 타카와시를 말로 이기는 건 무리구나. 나는 그렇게 실감했다.

격이 다르다.

"일단 전통이 없잖아. 고문 선생님의 열의도 없고."

손가락을 접으며 타카와시가 말했다. 그야 재적 중인 학생이 이 모양이니 보조 선생님도 열의를 가질 수가 없을 거다.

"애착도 없어. 3관왕 달성."

멋대로 이상한 타이틀을 획득하지 마.

그리고 조금은 애착을 가져라. 거짓말이어도 있다고 해.

이건 에리아스의 공격이 완전히 역효과를 냈다.

처음부터 굽실거리며 부탁했다면 타카와시도 승낙했을 것이다. 어중간하게 뻐기는 자세로 나온 탓에 타카와시가 철저히 항전하는 자세를 보이게 되었다.

하지만 그때, 에리아스의 아군이 나타났다.

"저기… 아이카는 도와줘도 괜찮을 것 같아요."

오른손을 머리 높이까지 들고 아이카가 말했다.

표정은 조심스러웠다. 타카와시에게 미안해하고 있는 걸까.

"에링 말대로 인관연이 3학년에게 신세 진 요소는 없지만, 인관연이라는 동아리는 잃고 싶지 않아요."

아이카의 눈은 타카와시 쪽을 어렴풋이 바라보고 있었다.

마음속 오픈의 성질상 시선을 타카와시에게 고정할 수 없는 거야 늘 있는 일이지만, 왠지 타카와시를 피하고 있는 것 같은 느낌이 들었다.

아니면 내가 과하게 생각하는 걸까. 무슨 일이든 다 인과 관계가 있다고 보려고 해서 그런가.

다만 공기가 얼얼하게 느껴지긴 해서, 나는 무심코 시선을 피했다.

또 나는 어두운 쪽으로 생각하고 있었다.

생각지 못한 곳에서 불행해지는 게 무서워서 먼저 불행해지려고 했다.

아이카가 인관연이라는 이름을 남기고 싶다고 말했는데, 왜 그걸 순순히 기뻐할 수 없는 걸까.

"정말이지. 시험공부 시간이 줄어서 곤란해지는 사람은 아야메이케야."

일부러 피곤해하는 기색을 꾸며 낸 것 같은 타카와시의 목소리가 들렸다.

이 목소리만 들으면 부정하는 것 같지만, 그렇지 않다는 걸 나는 알 수 있었다.

타카와시는 양보할 때 꼭 이런 태도를 보였다. 마지못해 받아들인다는 티를 내지 않으면 타협하지를 못하는 거다.

"알았어. 나는 내키지 않지만, 3학년을 쫓아내는 거, 인관연으로서 도와줄게."

거봐, 제대로 허락이 떨어졌다.

"에링, 고마워요!"

아이카다운 활기찬 목소리가 울렸다.

긴장감이 감돌던 시뮬레이션실의 분위기가 완화되었음을 알 수 있었다.

한편 나는 한발 먼저 안도하고 있었다. 타카와시의 특징을 다른 애들보다 더 잘 파악하고 있기 때문이다. 그런 하찮은 우월감을 품어 봤자 아무 소용도 없지만.

"나한테 고맙다고 하는 건 이상하잖아. 내가 사장도 아니고."

타카와시는 고맙다는 말을 듣는 게 어색한지 목덜미에 손을 올렸다. 나도 가끔 목덜미에 손을 올리고 싶어지는데 그건 왜 그러는 걸까.

"응응. 확실하게 일해 줘. 졸업식은 장식할 게 없으니까 그렇게 바쁘지 않겠지만."

에리아스도 만족스럽게 씩 웃고 있었다.

안 바쁘면 너희끼리 하라고 생각하고 있는데 타카와시가 확실하게,

"그럼 학생회가 해."

라고 불평했다.

불평할 수 있는데 안 하는 건 손해라고 생각하는 모양이다. 회사에서는 출세하지 못할 타입이겠지만, 타카와시가 회사에

서 고개를 조아리는 모습은 상상이 안 갔다. 바보한테 고개를 조아리고 싶지 않다는 이유만으로 사표를 제출할 것 같다.

내 의견은 확인조차 안 했지만, 뭐, 이미 인관연 전체의 뜻으로 결정인 거겠지.

솔직히 마침 잘됐다고 생각했다.

에리아스에 대한 부채감과는 달랐다.

그렇다고 '답례'를 하겠다는 기특한 마음가짐도 아니었다.

고마운 마음을 표현하고 싶은 3학년생이 내 안에 한 명 있었다.

묘조 선배.

현재 진행형으로 드레인을 어떻게든 하는 특훈을 받으며 신세 지고 있었다. 최소한 그만큼만이라도 제대로 일할 생각이다.

선배는 어떻게 봐도 문제아지만, 그런 성격이기에 자잘한 것은 신경 쓰지 않는다고 할까, 내가 드레인을 제어하게 될 때까지 정말로 특훈을 봐줄 것 같았다.

상식적으로 생각하면 대학생이 되는 타이밍에 특훈도 끝날 것 같지만, 아직까지 그런 말은 한마디도 안 했다. 선배는 의무감 같은 걸 가지고 있지 않을 것 같은데, 나를 돕는 일만큼은 그만두려고 하지 않았다.

허술하고 칠칠맞지 못하지만, 내게 시간을 할애하는 것을 손해라고 느끼지 않는 것 같았다. 그건 일종의 이웃 사랑 같은 게 아닐까 싶다.

어쩌면 남자 친구가 생겨도 남자 친구랑 같이 훈련을 봐주러 올 것 같다는 생각마저 들었다.

남자 친구에게 폐가 되고, 나도 괜히 신경 쓰게 되니까, 그건 절대 사양이지만… 한편으로 그 선배의 남자 친구가 되는 사람이라면 똑같이 재미있어할 것 같기도 하단 말이지….

그런고로 묘조 마호라는 인간을 위해 뭔가 하자는 마음은 있었다.

아마 유일하게 접점이 있을 3학년을 위해, 나는 졸업식을 도울 생각이다.

그리고 이 의뢰를 마침 잘됐다고 생각한 것에는 또 다른 이유가 있었다.

지금은 최대한 몸을 움직여서, 끙끙대며 고민하는 걸 중단하고 싶었다.

아이카를 잊을 수는 없다. 가능할 리가 없다. 인관연에서 얼굴도 마주치고.

하지만 내가 고민하는 건, 해결을 위한 고민이 아니라 고민을 위한 고민뿐이었다.

해결하려면 다른 행동이 필요하다는 건 나도 알고 있다.

그 기회가 올 때까지 최대한 기분을 분산시키고 싶었다.

수비와 공격은 확실하게 나눈다.

전위적인 무용처럼, 멈출 때는 멈추고 움직일 때는 움직인다.

문제는 공격으로 전환할 타이밍을 내가 알 수 있을까, 하는 건데….

3학년이 되기 전에 올 거라고 생각은 한다.

아니, 3학년이 되기 전에 결판을 내겠다.

3학년이 되면 수험도 있고, 만날 수 있는 시간도 줄어들 거다.

애초에 크리스마스에 고백하지 못하고 해를 넘긴 시점에 이건 연장전이었다.

더 연장한다고 해도 3월까지가 한계일 거다.

그러니 지금은 고민하는 시간을 줄여서 정신 위생을 건강하게 유지한다!

그리고 3학년이 되기 전의 마지막 기회를 노린다!

어디까지나 2학년의 마지막 기회일 뿐, 3학년이 돼도 기회가 있다면 검토하고 싶지만, 처음부터 그런 생각을 하면 점점 애디셔널 타임이 늘어나니 너무 생각하지 말자….

"그럼 회장, 이쯤에서 실례할까요."

다이후쿠가 평소와 같은 실눈으로 물었다.

같은 교실에 여자 친구가 있는데 저렇게나 태연하게 행동할

74

수 있는 건 대단하다고 생각한다. 시오노미야와 사귀고 그렇게 시간이 많이 지난 것도 아닌데, 두 사람 모두 당당했다.

"그래. 볼일은 대충 끝났어."

에리아스는 다이후쿠 쪽은 쳐다보지도 않고 작게 고개를 끄덕였다.

대충 끝났다니, 무슨 볼일이 또 남은 거냐고 생각했는데….

그 답은 에리아스가 바로 내놓았다.

"나리히라, 잠깐 따라와. 어차피 한가하지?"

말하고 나서도 에리아스의 입은 반쯤 벌어져 있었고 어딘가 여유가 없었다.

"'답례' 말고 뭔가 더 있어?"

학생회장이 친히 호출하다니. 좀 무섭다.

그리고 고백받은 뒤에 단둘이 있는 건… 이게 처음인 것 같다.

"어, 그래…. 알겠어."

그렇게 약해 보이게 승낙할 수밖에 없었다.

어디서 얘기하려는 건지 전혀 알지 못한 채로 에리아스를 졸졸 쫓아갔다.

이 녀석의 뒷모습을 보면 여전히 중학생이 고등학교에 들어와 있는 것 같은 느낌이 든다.

5층 복도는 인구 밀도가 낮아서 에리아스의 발소리가 크게 울렸다.

어쩌면 다이후쿠도 따라와서 그저 일 얘기를 하려는 걸지도 모른다고 희미한 기대를 품기도 했었지만, 그 녀석은 혼자 먼저 학생회실로 돌아갔는지 이미 5층에 존재하지 않았다.

나는 어디로 가고 있는 걸까?

몹시 궁금하지만, 말을 걸 용기는 없었다.

교실에서 분위기가 어색하진 않았고, 아까 시뮬레이션실에서도 노골적으로 불편해하는 분위기는 아니었을 터다. 하지만 일대일로 만나는 건 역시 얘기가 달라진다.

교사 뒤편으로 끌고 가서, 고백을 거절한 것에 대한 보복으로 숨겨 뒀던 금속 배트를 꺼내 때리는 건 아니겠지…?

그러고 보니 안전 이별이라는 말도 있잖아….

말할 것도 없이, 누군가의 고백을 거절한 건 살면서 한 번밖에 없었던 일이기에, 상대방이 날 얼마나 원망하는지도 알 수 없었다.

최소한 에리아스의 표정이라도 볼 수 있으면 좋을 텐데, 내가 뒤따라가는 대열이라서 그것도 불가능했다. 드레인 문제가 이런 데서 영향을 미치고 있었다.

하지만 악마처럼 웃고 있다는 걸 알게 되더라도, 발길을 돌려 도망칠 수 있는가 하면 아마 힘들 테니 졸졸 따라가게 되겠지만. 도망친다는 결단을 하는 것도 상당한 용기가 필요한 일이다.

그때, 에리아스가 갑자기 발을 멈췄다.

나는 그대로 앞으로 나가려던 발을 겨우 멈췄다.

막다른 계단 앞이었다. 여기서 뭔가 얘기하는 건가? 시뮬레이션실과 거리는 있지만 일단 통로인데…라고 생각하고 있으니, 에리아스가 주머니에 손을 넣어 뭔가를 찾았다.

"어라? 어디 있지? 안 잡히네…."

아무래도 꺼내는 데 난항을 겪고 있는 것 같았다.

이 분위기의 흐름, 매우 기시감이 든다.

이건 페트병 뚜껑을 맞을 때의 전개 아닌가?

뭐, 그것도 복수라면 복수지. 그걸로 끝난다면 열 번이든 스무 번이든 던져라.

하지만 아니었다.

"아아, 겨우 나왔네. 잘 걸린단 말이지."

에리아스가 꺼낸 것은 장소가 적힌 이름표가 달려 있는 열쇠였다.

"옥상은 아무도 없을 테니까, 거기서 얘기하자."

에리아스는 열쇠를 입 높이까지 들어 올리고서 말했다.

옥상인가.

별로 고마운 장소는 아니네….

세이고의 옥상은 평소에 개방하지 않는다.

하얀 펜스가 둘러쳐져 있어서 불의의 사고가 일어날 일은 없지만, 그래도 개방하지 않았다. 그랬다면 에리아스가 열쇠를 꺼낼 필요도 없었을 거다.

들어갈 수 없는 옥상을 자세히도 안다고 생각할 것 같은데, 온 적이 있었다.

그건 아사쿠마의 특훈을 위해서였지. 펜스에서 밖을 향해 외치라고 타카와시가 명령했었다. 수줍음이 많다면 충격 요법으로 창피한 일을 하면 된다는 발상이었다.

아사쿠마는 각오를 다지고서 소리쳤지만, 아깝게도 소리치기 전에 '강제 카멜레온'이 발동하여 사라져 버렸었다.

운동장에서 활동 중이던 학생이 올려다봐도 소리친 사람은 그곳에 없다는 학교 괴담 같은 현상이 벌어졌었다. 다행히 그후 옥상에서 귀신이 소리친다는 괴담이 유행한다는 얘기는 못 들었지만, 타카와시 때문에 시답잖은 유언비어가 늘어날 뻔했다.

철컥거리며 열쇠 구멍과 20초쯤 씨름하고서 에리아스는 옥상 문을 열었다.

나도 따라 들어갔다.

방과 후라서 그런지 옥상에 내리쬐는 햇빛은 그다지 강하지 않았다. 계절의 특성상, 이전에 왔을 때보다도 훨씬 약했다.

누군가가 지나갈 일도 없고, 의외로 나쁘지 않은 장소려나.

에리아스는 옥상에 들어가서도 복도를 걸었던 것처럼 전방으로 계속 걸어갔다. 그대로 걸어가면 펜스에 부딪힐 거라고 생각했을 때, 마침내 에리아스가 몸을 돌렸다.

양손은 뒷짐을 져서 '열중쉬어' 자세 같았다.

"…무슨 얘기 하려고?"

그 정도의 질문은 겨우 할 수 있었다.

이렇게 물어보지 않아도, 당연히 에리아스는 뭔가 얘기하려고 이곳에 날 부른 것이니 아무 의미 없는 질문이었지만.

"솔직히 말하자면, 꼭 해야만 하는 얘기는 없어."

에리아스는 간단히 자백했다.

"뭐야, 그게. 잡담이라면 교실에서 해도 되잖아. 옆자리라는 것의 이점은 그것밖에 없을걸?"

에리아스는 조금 불만스러운 얼굴로 뺨을 부풀렸다. 아이카가 가끔 하는 행동이었다.

"단둘이 얘기하고 싶을 때도 있거든? 딱히 상관없잖아. 어차피 한가한데."

"과제는 있지만, 지금은 움직일 수 없으니까 한가하다면 한가한가."

과제라는 것은 아이카와의 관계라서 구체적으로는 말할 수 없지만.

에리아스 같은 바쁜 생활은 나와는 무관하다. 학생회장 같은 책임 있는 입장으로 활동하는 건 나한테 안 맞는다.

"자세한 건 하나도 모르지만, 상심한 상태지?"

예고도 없이 에리아스가 불쑥 들어왔다.

내가 좋아하는 사람이 있는 것은 에리아스도 알고 있었다.

그게 내가 에리아스의 고백을 거절한 이유니까.

별로 당황하지 않은 것은 에리아스의 표정이 부드러웠기 때문일까.

"다이후쿠한테 듣지 않았어? 이제 와서 재확인할 필요 없잖아. 지금도 꽤 상심 중이야."

그래도 아이카한테 차인 직후와 비교하면 매우 괜찮아지긴 했지만.

그때는 RPG에서 독과 마비와 수면 상태가 동시에 온 것 같았다. 몸이 제대로 움직이지 않았고, 어떻게 집에 왔는지도 잘 기억나지 않았다. 감기에라도 걸려서 며칠 쉬고 싶다고 진심으로 생각했었다.

그것과 비교하면 많이 회복됐다.

시간이 해결해 준다는 말은 진리였다.

힘든 일을 겪어도 기억은 조금씩 희미해진다. 잊어버리는 일은 평생 없겠지만, 아픔은 줄어든다.

"흐응."

에리아스는 노골적인 시선으로 나를 관찰했다. 표본이라도 된 것 같은 기분이었다.

"뭐야. 본다고 알 수 있어? 외상도 아닌데. 마음의 상처라고."

"응. 힘들었겠지. 특히 나리히라 같은 타입은 도전 횟수가 적을 것 같으니, 대미지에 익숙하지 않을 테고."

"야, 디스하려고 부른 거면 집에 간다. 심심해서 부른 거면 놀아 주겠지만, 나를 공격하는 게 목적이라면 인정 못 해."

샌드백으로 쓰이는 건 사양이다.

내 말이 안 들리는지 에리아스는 내 주위를 빙 돌았다.

정면뿐만 아니라 측면과 후면에서도 확인할 필요가 있는 모양이었다.

"흐응, 그렇구나, 그렇구나~"

대체 뭐야…?

알 수 없는 의식의 제물로 바쳐지기라도 하나…?

결국 에리아스는 내 주위를 두 바퀴나 돌았다. 도는 거야 금방 끝나니까 한 바퀴나 두 바퀴나 오차 같은 거지만, 뭘 하고 싶은 거지.

그리고 원래 위치로 돌아온 에리아스는 이렇게 말했다.

"난 또 뭐라고. 괜찮잖아."

근거 따위 없어 보였지만, 그 말을 듣고 무척 안심했다.

에리아스가 생긋 웃고 있어서 그런 걸까.

이 녀석은 나를 전혀 의심하지 않는다.

"얼마 전에는 교실에서 봐도 상당히 가라앉아 있다고 생각했단 말이지. 그래서 다이후쿠한테 얘기해 보라고 시키기도 했는데, 이 모습을 보니 문제없겠어."

"일단 물어보겠는데, 무슨 이유로 그렇게 말할 수 있는 거야?"

"응~? 칭찬하는 거니까 솔직하게 기뻐하면 돼."

이런 건 칭찬이라고 안 해. 네 해석이 이상한 거야.

"왜냐하면 그럭저럭 긍정적으로 변했으니까. 지금의 나리히라는 상처 입었어도 앞으로 나아갈 수 있잖아. 시작이 늦는 거야 항상 그랬지만, 이제 움직이려고 하는 단계까지 돌아온 모양이고."

내가 설명을 요구해서 그런지 에리아스는 술술 말해 줬다.

이런 말까지 들으니 확실히 칭찬받은 것 같아서 기분이 나쁘진 않았다. 낯간지러웠다.

그대로 에리아스는 내 쪽으로 다가왔다.

드레인 범위에 들어오는 것도 신경 쓰지 않고 다가왔다.

그리고 내 왼쪽 어깨에 손을 툭 얹었다.

"나랑 사귀지 않은 거, 후회하게 만들 거야."

"너, 그냥 그 말이 하고 싶었던 거지?"

"들켰나."

역시 나는 에리아스가 얄미운 소리를 하는 게 더 편하다.

좋아한다고 해도 대처하기 곤란하다. 이 녀석한테 고맙다는 말은 별로 하고 싶지 않다.

에리아스는 휙 뒤돌아 다시 안전한 거리로 돌아갔다.

"잘해 봐. 나리히라가 너무 별 볼 일 없어지면 나도 비참해지니까. 내 안목은 확실했다고 생각할 수 있도록, 너는 최대한 훌륭해져서 성공해야 해. 그 점, 잘 부탁해."

"전부 네 사정이잖아."

에리아스는 내내 즐거워 보였다.

울린 적이 있는 내가 이런 말을 할 권리는 없을지도 모르지만.

에리아스가 행복해 보여서 안심했다.

그리고 확실하게 격려를 받았다.

마음이 무거웠던 것은 나 혼자뿐이었나 보다.

"그럼 졸업식 도와주는 거, 열심히 해. 그게 걱정해 준 것에 대한 '답례'니까."

"'답례'를 꽤 비싸게 받는다고. 심지어 다른 인관연 멤버도 끌어들였잖아."

"그렇더라도 이미 인관연의 허락은 얻었으니, 불만은 접수 안 해."

에리아스는 뻐근한 손을 털어 내듯 오른손을 휘휘 흔들고 옥
상에서 나갔다.

나도 앞으로 나아갈 수밖에 없어졌다.

좋아, 나 혼자만의 문제가 아니니까 결과가 어떻게 될지는
알 수 없지만.

전부 끝난 후에 시원하게 웃어 주겠다.

인적 없는 옥상의 공기는 교실이나 복도보다 훨씬 맑은 느낌
이 들어서, 나는 천천히 한 번 심호흡을 했다.

그랬더니 어째선지 에리아스가 부끄러워하며 돌아왔다.

어라…? 멋지게 퇴장하지 않았어…?

"미안, 나리히라…. 문 잠가야 하니까 먼저 나가 줬으면 좋겠
어…."

확실히 문은 안 잠그면 큰일 나지!

"알았어…. 신속히 나갈게…."

"나리히라를 옥상에 가두는 것도 재미있겠지만, 농담으로 끝
나지 않아서 처분 대상이 될 테니까 포기했어."

"처분을 두려워하는 게 아니라 윤리적으로 그만둬."

태평하게 심호흡하는 사이에 학생회장에 의해 밀실에 갇힐
뻔한 건가.

위기는 역시 일상 속에 숨어 있다고 생각했다.

★

　이튿날은 인관연에 얼굴만 내비치고 곧장 시뮬레이션실을 뒤로했다.

　묘조 선배가 불렀기 때문이다.

　예의 그 특색 없는 공원에서 또 특훈을 한다.

　LINE에는 [오늘 합니다.]라는 심플하기 그지없는 메시지와 시간이 표시되어 있었다.

　나도 [알겠습니다.]라고 심플하게 답장했다.

　나는 그런대로 선배를 존경하지만, 그 경의를 잘 표명할 국면이 없다. 분명 존경에도 여러 가지 종류가 있을 거다. 그렇게 해석해 두자.

　나는 약속 시간보다 7분 일찍 도착했다.

　반면 선배는 20분 지각했다.

　"선배, 저 몸이 꽤 차가워졌어요…. 열을 얻기 위해 공원의 바깥 둘레를 따라 달릴까, 몇 번 고민했어요…."

　"쏘리, 쏘리. 변명하고 싶은데, 평범하게 지각했어."

　그거, 기다리던 측이 허용해 줄 요소가 없어져서 제일 하면 안 되는 타입의 발언인데, 이 사람 장래에 괜찮은 걸까.

　…괜찮겠지. 이런 짓을 해도 미워할 수 없는 타입이다. 묘조 선배가 이런 성격이라서 나도 특훈을 계속할 수 있는 것 같다.

"오늘은 바람이 없어서 좋네~"

"그렇다고 가만히 있으면 당연히 춥지만요."

내 말은 물론 비아냥이 섞여 있었다. 내가 정각대로 왔더라도 20분을 추위에 떨며 기다린 게 되니까.

"자, 그럼 오늘은 근처에 있는 잡초로 할까."

선배의 시선 끝에, 이름을 물어도 대부분의 사람이 '잡초'라고 대답할 잡초가 자라 있었다. 다들 본 적은 있어도 이름을 의식한 적은 없을 식물이었다.

잡초라는 이름의 잡초는 없다는 말이 있지만, 거의 억지라고 생각한다. 잡초의 학명을 몰라도 생활에는 아무런 지장이 없다.

"한겨울에도 씩씩하게 자라나 있네. 하지만 그런 성질인 거니까, 씩씩하고 자시고 할 것도 없나. 오히려 남국에 데려가면 기후가 안 맞아서 시들지도 몰라. 코알라는 코알라라서 유칼립투스를 먹는 거지, 대단하거나 노력하면서 먹는 게 아닌 것과 같아."

"전부 맞는 말이긴 한데, 오늘 선배, 평소보다 뾰족하네요."

잡초를 만지다가 예리한 부분에 손가락을 베인 적이라도 있나.

줄곧 잡담하고 있으면 특훈에 착수할 수 없고, 그러는 동안에도 내 몸의 열을 겨울이 착실하게 뺏어 가므로, 슬슬 훈련을 시작하기로 했다. 드레인으로 열을 뺏을 수 있다면 더 편리할 텐데.

직접 만지지 않는 경우, 장갑의 유무는 드레인의 효과와 관계가 없기에 낀 채로 한다. 만약 장갑만으로 드레인이 경감된다면 한여름에도 끼었을 거다.

몸을 살짝 숙이고 잡초 앞으로 손을 내밀었다.

그중에서도 내가 고른 길쭉한 녹색 이파리에서만 힘이 내 쪽으로 흘러드는 이미지를 떠올렸다.

선배가 스마트폰을 조작하는 소리가 났다.

지금 공원 안에는 나랑 선배밖에 없으니 말이지. 소리 정도는 들린다.

선배도 가만히 내 모습을 보고 있을 수는 없을 거다. 마음껏 스마트폰을 조작하며 조금이나마 추위를 잊어 줬으면 좋겠다.

이 특훈을 둘이서 하는 의의는, 혼자 할 때의 허망함이 대폭으로 경감된다는 거다.

그 밖에도 의의는 있다. 풀을 향해 손을 들고서 가만히 있는 녀석은 매우 수상하다. 그 수상함을 경감하기 위해서도 누군가가 있어 주는 것이 바람직하다.

드레인이라는 이능력 때문에 어려움을 겪고 있는 사람은 하치오지 시내에서 나밖에 없을 테니, 아무도 공감할 수 없으니까. 공감받지 못하는 건 괜찮지만, 잡초를 향해 손을 내밀고 있는 수상한 녀석으로는 여겨지지 않는 게 좋다.

30분이나 한 시간 동안 가만히 있는 것도 아니다. 편하게 하자.

한동안 잡초와 말없이 씨름하고 있으니,

"응, 잠깐 쉴까."

선배의 목소리가 들렸다.

그리고 등으로 손을 넣어 툭 밀었다. 핫팩을 붙인 것 같았다.

잡초는 주변 일대의 풀들이 두루두루 생기를 잃은 것처럼 보였다. 아직 드레인으로 콕 집어 공격하는 건 성공하지 못했다.

"특정 개체를 공격하는 게 아니라 전체 공격 같네~"

코치 역할인 선배가 잡초를 보고서 그렇게 평했다. 정답이다.

쉬라고 했으니 잡담 같은 화제를 꺼낼까.

"졸업이 다가오니까 드는 생각이 있나요?"

"대학을 추천 입학으로 들어가게 돼서 다행인 것 같아. 일일이 수험 공부하는 것보다 확실하게 이득이잖아."

"너무 즉물적이야! 원했던 답과 달라요."

감상적으로 변했다는 식의 얘기를 듣고 싶었는데.

감상적인 선배는 내 입장에서 캐붕이긴 하지만. 뻔뻔한 쪽이 선배답다고 생각은 한다.

"이렇다 할 감회는 없어. 비슷하게 졸업하는 녀석이 아주 많

잖아. 그걸 생각하면 식어 버린단 말이지. 뭘 하든 연기하는 것
처럼 된다고 할까."

선배의 대답은 평소와 달리 성실한 쪽에 가까웠다.

"2학년인 제가 이해한다고 말하는 것도 이상하지만, 기분은
이해해요."

"응, 잘 알아들어서 좋네."

선배는 내게 핫팩을 붙인 부근을 툭 쳤다.

이해한다고 대답했지만, 거기서 성실한 쪽으로 기우는 걸 보
면 선배도 그런대로 졸업을 의식하고 있는 걸지도 모르겠다.

진심으로 어찌 되든 좋다고 생각한다면 선배는 끝까지 장난
스럽게 대꾸했을 것 같다.

어떤 형태로든 선배는 졸업을 진지하게 마주하고 있다.

그게 일반적이지 않더라도.

나도 할 일을 하자.

휴식은 이만 끝내도 될 거다. 어차피 땀이 날 만큼 힘든 일도
아니다. 오히려 몸을 안 움직여서 추운 것이 더 문제다.

한 발짝만 옆으로 이동하여 다른 잡초 중에서 하나를 목표물
로 정했다.

빗물을 호스로 한곳에 압축하는 느낌으로.

그 호스의 끝을 꽉 눌러서 물의 출구를 더 좁히는 느낌으로.

그것 말고 생각할 것은 아무것도 없다.

이번에는 눈을 감고 해 보자.

이 특훈도 여러 번 해서 그런지, 드레인을 시도하는 것에 의문을 느끼지 않게 되었다. 처음에는 이런 일을 하는 것 자체가 이상했었는데.

동네의 익숙한 길을 산책하는 것처럼, 생각할 필요가 없는 일을 하기에 딴생각을 하게 되는 경우도 있지만, 지금은 그런 쪽은 아니었다.

선배가 스마트폰을 조작하는 소리도 안 들리네.

손은 춥지만, 그만큼 어깨에 붙어 있는 핫팩의 온기도 느껴졌다.

은은하게 따뜻했다.

"하구레 군 말이야, 느낌이 좀 변했어~"

그런 선배의 목소리가 옆에서 들렸다.

사담을 엄금하는 엄격한 특훈이 아니니까 대답해도 되겠지. 입 다물고 있는 쪽이 무례한 경우라고 생각한다.

"혹시 몰라서 묻는데, 변했다는 건 좋은 쪽으로 변했다는 건가요? '너 도쿄에 가고 나서 변해 버렸어' 같은 의미인 건 아니죠?"

나도 선배도 이미 도쿄 도민이지만.

"응, 좋은 쪽, 좋은 쪽. 좋은 의미로 보통이 됐어."

"그럼 지금까지는 보통 미만이었다는 거냐! …아니, 그야 그렇겠죠. 태클은 철회할게요."

마음속 타카와시가 '당연한 거 아니야?'라고 말했다. 나도 인정한다. 드레인이 있는 시점에 보통 미만은 확정이다.

"득도한 건 아닌데, 우물쭈물하는 것과도 다르단 말이지."

"득도했을 리가 없잖아요. 그건 과찬이에요."

"응, 그래서 그렇게까지 칭찬하진 않았어."

뭔가 뒤통수 맞은 느낌이었다.

결국 선배는 무슨 말을 하고 싶은 거지. 애초에 깊은 의미가 없었을 가능성도 크다.

아이카에게 고백은 했지만, 고백한 순간 경험치가 늘어서 레벨이 오르지는 않을 거다.

내가 득도했다면 세상 사람의 절반은 득도했다. 염불만 외워도 성불할 수 있다는 불교의 종파도 있으니까, 인간은 처음부터 누구나 깨닫고 있다는 사고방식도 있을 것 같지만, 그건 또 별개다.

"뭐랄까~ 표면상으로는 아무것도 달라지지 않았어. 하지만 마음이, 그… 어떻게 말해야 하나…."

선배는 적절한 말을 찾고 있는 것 같았다. '평온'하다든가 '고요'하다는 표현을 하려나.

"응, 그래. '허무'야!"

"의외로 심한 단어가 나왔어!"

상황에 따라서는 인격을 부정하는 것으로 받아들일 수도 있다고.

"이상하잖아요! 허무한 건 그냥 아무 생각도 없는 거라고요! 동물로도 취급하지 않는 것 아닌가요?"

"아냐, 아냐. 여러 가지를 극복했기에 도달하게 된 '보통'이란 느낌이 들거든. 이전까지 하구레 군은 이쪽 갔다가 저쪽 갔다가 푹 가라앉거나 했는데, 그런 게 없어. 정상적이야."

즉, 이전까지는 정상이 아니었다는 건가. 보통 미만이었으니 그야 정상도 아니었으려나.

하지만 아무리 좋게 봐도, 지금의 나 역시 아직 정상과는 거리가 멀다고 생각한다. 드레인 하나만 봐도 엄청나게 마이너스다.

"뭐, 방황의 터널에서 살짝 빠져나오게 된 부분은 있을지도 몰라요."

빠져나온 것은 내 감정뿐이고, 상황은 전혀 개선되지 않았지만. 시뮬레이션실에 온 아이카와 여전히 얘기도 못 하고 있다.

나는 상황이 좋아질 때까지 시간을 벌고 있는 거다.

소년지의 배틀 만화 주인공이 절대 하지 않을 것 같은 말인데, 기다리는 것 말고는 어떻게 할 수가 없을 때도 있다. 냉장고에 넣어서 굳혀야만 완성되는 디저트처럼.

이 드레인 특훈도 시간 벌기 중 하나일지도 모르지.

한동안 선배는 말이 없었다.

다시 계속 집중하라는 건가.

"눈 떠!"

선명하고 큰 목소리가 들려서 나는 화들짝 놀랐다.

눈앞에는 이름 모를 잡초가 있을 뿐이었다.

일순, 의욕이 없는 것처럼 보여서 화가 난 건가 싶었다. 하지만 선배는 화내고 있는 게 아니라, 오히려 매우 신이 나 보였다.

확실하게 긍정적인 반응을 보이고 있었다.

"하구레 군, 성장했구나! 오늘은 편의점에서 찐빵 사 줄게."

"아뇨, 정상이 아니었던 게 정상이 됐을 뿐이라면 축하받을 차원은 아닌데요….."

축하는 제가 아이카와 다시 한번 마주하게 되면 해 주세요.

"아냐, 아냐. 그걸 말하는 게 아니야."

선배는 오른손을 내저었다.

"혹시 깨닫지 못한 거야? 저기, 잡초를 봐, 잡초, 잡초."

선배도 고유 명사는 모르는지 연신 잡초를 연호했다.

"이 주변은 전부 잡초라서 뭘 말하는 건지 모르겠는데요."

"아아, 정말! 잘 전해지질 않네! 여기, 이 잡초!"

선배는 몸을 숙여 잡초 중에서 하나를 오른손으로 쭉 밀어 올렸다.

유독 시들시들한 잡초가 선배의 오른손에 기대 억지로 자세를 바로 세웠다.

"아아, 겨울 추위에 져 버린 걸까요."

"글쎄 아니래도."

오른손을 못 쓰기에 선배는 왼손을 내저었다.

"이거, 하구레 군이 한 거야."

"…………네?"

"나는 옆에서 줄곧 보고 있었으니까 알아. 줄곧 봤다는 건 과장인가…. 그럭저럭 보고 있었어. 스마트폰도 그렇게 많이 안 봤고. 안 보고 있었던 건 아니야."

점점 말이 약해지는 것 같은데, 그 부분은 단언해 줬으면 좋겠는데요.

"아무튼! 드레인의 힘으로 이 잡초만 시들기 시작했어! 그 증거로 주변의 다른 잡초는 더 싱싱하잖아? 그야말로 잡초라는 느낌이잖아? 이 부근의 잡초가 전부 시들시들해지진 않았잖아? 봐 봐! 봐 봐!"

선배는 잡초를 손으로 받치고서 그걸 증명하려고 했다.

그런 다음, 아까 내가 생기를 빼앗은 잡초 그룹을, 오른손을 빙빙 돌려서 가리켰다.

잡초들이 전체적으로 약해진 그곳의 경우와 특정 잡초만 약해진 이 경우는 전혀 다르다고 열변했다.

그 말을 듣고 보니 그런 것 같긴 한데, 별로 실감이 안 났다.

하지만 내가 타깃으로 삼은 곳에서 하나(잡초를 센 적이 별로 없기에 세는 단위를 모르겠다)만 잡초가 약해진 것은 확실해 보였다.

그렇다면 드레인의 범위 선택이 됐다는 건가.

그건 정말 기쁘다. 타깃을 고정할 수 있는 지속 시간은 아직 모르겠지만, 아무튼 잡초뿐만 아니라 더 다양한 것으로 시험해 보고 싶다.

예를 들어 단순한 흙이나 공간 일부를 타깃으로 좁힐 수 없을까?

지면이나 벽이 금방 열화되어 못 쓰게 되는 일은 없다. 내가 몇 년이나 같은 집에서 살고 있는 걸 봐도 그건 알 수 있다. 하물며 공간 자체를 약하게 만드는 중2병 같은 힘은 드레인에 없을 것이다.

즉, 주변의 흙이나 허공을 드레인의 대상으로 지정할 수 있다면, 사람에게 무해한 상황을 만들 수 있다.

장래에는 다른 사람의 손을 잡을 수도 있다.

남에게 해를 끼치지 않고 더 가까워질 수 있다!

하지만….

이거, 기념비적인 순간에 나는 눈을 감고 있었던 거잖아…?

완전히 놓쳤다. 살면서 한 번밖에 안 일어나는 타입의 이벤트를…. 체질을 개선하는 거니까, 못 보고 놓쳤다고 해서 손해나 이득이 되진 않겠지만, 뭔가 싫다.

아니, 눈을 감고 있었기에 집중할 수 있었던 걸지도 모른다.

응, 그 부분도 검증해야 한다. 눈을 감아야만 한다면, 쓸 수 있는 상황이 꽤 한정된다.

예를 들어, 거리를 걸으며 지면을 드레인 대상으로 삼아 피해를 회피할 수는 없게 된다. 왜냐하면 다른 사람과 부딪치니까. '남을 쇠약하게 만들지 않습니다. 하지만 다른 사람과 부딪칩니다'여서야 아무런 의미도 없다.

세세하게 실험을 반복할 필요가 있다. 이번에는 잡초를 응시하며 해 보자.

단시간에 의욕이 열 배는 높아졌다. 선배의 목소리가 커진 그 흥분 상태에, 뒤늦게 나도 도달하고 있었다.

"저기, 선배. 한 번 더 해 볼게요!"

열의 넘치는 운동부 신입 부원 같은 목소리가 되었다. 성과가 나올 때는 무슨 일이든 재미있는 법이다.

"안 됩니다."

어째선지 선배는 즉답했다.

어…? 이 상황에서 거절하는 게 말이 돼…?

혹시 나도 모르는 사이에, 선배가 봐도 알 수 있을 만큼 내 심신이 소모됐나…? 이제껏 해 본 적이 없는 일이니, 정신력을 마구 썼을 가능성도 있으려나.

"축하하러 편의점 갈 거니까 하구레 군도 따라와. 다음 도전은 그다음에."

"그건 좀 있다 해도 되잖아요!"

상당히 대수롭지 않은 이유였다.

축하하기 전에 특훈을 더 시켜 줬으면 좋겠다. 편의점은 오늘의 연습이 끝난 다음에 가면 되잖아.

"안 돼. 축하할 일은 축하할 수 있을 때 해 두는 게 좋으니까. 그리고 하구레 군의 몸도 차가워졌을 거고. 가만히 서 있기에 적합한 기후는 아니니까. 후배를 아끼는 내 마음입니다."

"몸이 차가워진 건 선배가 늦게 왔기 때문이에요."

선배가 20분이나 지각하지 않았다면 상당히 달랐을 거다.

"아, 너무해! 내 탓으로 돌리네! 하구레 군, 너무해!"

선배는 손을 눈 쪽으로 가져가 우는 시늉을 했다. 진짜로 우는 사람은 절대 그런 동작 안 한다.

"제가 책임을 전가하는 것처럼 말하지 마세요! 말 그대로 선배 탓이니까요! 제일 나쁜 건 날씨지만, 그다음은 선배니까요!"

"우으… 하구레 군의 무정한 한마디에 차가워진 내 마음을 따뜻하게 하려면 편의점에서 따뜻한 걸 사 먹을 수밖에 없어…."

그건 물리적으로 따뜻하게 하는 거냐.

선배는 진짜로 나를 편의점으로 끌고 갔다.

　이런 부분은 양보하지 않는단 말이지. 시종일관 헐렁하게 구는 건 아니고 고집스러운 면도 있는 모양이다. 적당주의와 완고함이 공존하는 건 오히려 최악인 것 같으니, 어느 한쪽은 버려 줬으면 좋겠다.

　편의점에서 쉬는 동안 드레인을 특정 대상에 보내는 건 물론 불가능했다. 샐러드가 퍼석퍼석해져서 상품 가치가 없어지면 절도나 다름없으니까…. 그것만큼은 할 수 없다.

　이렇게 특훈이 하고 싶은 건 살면서 처음이라고 생각하며 피자 찐빵을 먹었다.

　내가 고른 게 아니라, 선배가 두 개 사서 하나를 준 거였다. 사 주는 건 고맙지만, 선택권은 안 주는 모양이다. 규칙을 잘 모르겠다.

　이것 때문에 감을 잃었다면 선배를 원망했겠지만….

　다행히, 드레인 제어를 두 번 다시 성공하지 못하는 일은 일어나지 않았다.

　공원에 돌아온 나는 다른 잡초 무리에서도 하나만 약화시킬 수 있었다.

　단시간에 시도할 수 있기에, 조금 이동해서 다른 잡초로 반복해서 실험하며 세 번 연속으로 성공을 거두었다.

"이제 좀 알겠어요. 집중해야 하지만, 너무 의식해도 안 된다고 할까."

"말로 표현하니까 잘 모르겠어."

선배한테 그런 말을 들었지만, 내 앞에는 잡초 하나가 시들어 있었다.

"평상심을 유지하면서 집중해야 해요. 그리고 지금까지 저는 마음을 한곳에 너무 집중하고 있었죠. …말로 표현하니까 역시 알기 어렵네요."

경험자가 전혀 없으니 표현하기 어려웠다.

그래도 커다란 산은 하나 넘었다.

다만 비슷한 이능력을 제어하고 있는 선배는 이게 첫걸음에 불과하다는 것을 알고 있었다.

"이제 이걸 무난한 장소나 물건에 적용할 수 있는가가 중요하겠지~ 주변의 공기 같은 거."

내가 아까 했던 것과 똑같은 생각을 선배도 하고 있었다.

공기를 약체화시킨다는 의미가 아니었다. 공기처럼 드레인의 영향을 받지 않는 것을 대상으로 고를 수 있다면, 드레인 이능력을 가졌으면서 불편하지 않게 생활할 수 있다.

"그렇죠. 항상 잡초를 들고 다닐 수도 없으니까요."

내 제어 단계는 아직 단점이 경감될 가능성이 보이기 시작한 수준에 불과했다.

선배처럼 이점밖에 없는 능력의 영역에는 전혀 도달하지 못했다.

"특훈, 앞으로도 도와주시면 안 될까요…?"

내 쪽에서 부탁하는 건 꺼려졌지만, 여기서 주저해선 안 된다.

"당근 빠따지!"

라고 말하고서 선배는 엄지를 치켜들었다.

"그건 역시 표현이 너무 낡았는데요."

"그렇지. 하구레 군이 다시 움직이기 전까지 좀 더 완성도를 높이고 싶네~ 나는 이만큼이나 달라졌다는 걸 보여 주지 않으면 설득력이 부족하잖아~"

어라? 역시 이 사람, 내가 아이카한테 차였다는 걸 알고 있나?

일순 그런 생각이 들었지만, 그건 너무 과한 생각이라고 스스로 부정했다. 선배의 말 어디에도 그렇게 깊이 파고든 표현은 없었다.

이 사람은 가끔 전부 알고 있는 것 같아서 무서워지지만, 그건 내가 일반론을 내 경우로 끌고 와서 생각하는 탓도 있지….

다만 선배가 내 연애를 응원해 주고 있는 것도 확실했다.

아무튼 내가 드레인을 어떻게든 하고 싶다고 생각한 이유 중 하나는 아이카에게 걸맞은 인간, 적어도 드레인의 단점이 없는 인간이 되고 싶어서였으니까. 처음부터 특훈과 연애는 연동되어 있었다.

"그래서, 언제 움직일 거야?"

선배는 더 구체적으로 물어 왔다. 내 대답에 따라 특훈 일정이 바뀌기라도 할 것처럼.

움직일 날인가.

내가 다시 한번 아이카와 마주하는 날이다.

몇 월 며칠이라고 콕 집어 말할 순 없지만, 조금은 범위를 좁혀 둬야겠지.

"…기말고사가 끝난 뒤일까요."

시험은 2월 하순에 끝나니까 2주 정도 남았나.

그러고 보니 슬슬 대중적으로 큰 행사가 있다.

밸런타인.

고백을 거절당한 충격으로 잊고 있었지만, 그런 이벤트가 다가오고 있었다.

응, 이건 괜찮은 척하는 게 아니라 진짜로 신경 안 쓰는데, 그래도 관심은 있다.

이제 와서 초콜릿을 받고 싶다는 생각도 안 하고, 하물며 아이카가 초콜릿을 줘서 상황 대역전 같은 생각은 전혀 안 한다.

하지만 2월 14일 자체는 만인에게 평등하게 찾아오기에 머릿속에 들어오긴 했다. 그게 아주 짜증났다. 아이카도 불쾌한 추억이 되살아날 것이다.

왜냐하면 성실하게도 나는 초콜릿을 아이카에게 주려다가 거절당했으니까.

그게 그 동물원 데이트의 마지막 장면이었다.

덕분에 초콜릿이라는 아이템 자체가 불길한 것이 되어 버렸다.

이럴 줄 알았으면 초콜릿을 사지 말아야 했다.

아무것도 주려고 하지 말고 고백만 해야 했다.

올해만 밸런타인이 중지되면 안 되나….

"자, 초콜릿."

14일에 시뮬레이션실에 가니, 먼저 와 있던 타카와시가 분홍색의 가벼운 상자를 건넸다.

그 가벼운 상자 위에 편의점에서 살 수 있는 한입 초코가 올려져 있었다.

"어…? 어, 어, 어…?"

이상한 목소리가 나왔다.

"받기 싫으면 안 주고. 근데 상자는 내가 주는 게 아니니까 받아. 네가 안 받겠다고 하면 귀찮아져."

타카와시의 그 발언으로 수수께끼의 일부가 풀렸다.

"아아, 한입 초코가 네가 주는 거구나."

"맞아. 다크 초콜릿이야."

다크 초콜릿은 별로 안 좋아해서 밀크 함량이 높은 게 더 좋지만, 일일이 말하면 전쟁이 벌어질 테니 입을 다물었다. 자신이 좋아하는 것을 말하는 건 흔히 추천되는 행위지만, 이럴 때 말하면 상대방을 부정하는 것과 같은 의미가 되므로 말하면 안 된다.

아래쪽 상자와 함께 초콜릿을 받았다.

카가미모치를 귤과 함께 받은 기분이었다.

"세 배로 돌려줘."

타카와시는 전혀 관심 없다는 모습으로 말했다.

"딱히 상관없지만, 세 배로 키워도 주스 한 병 정도밖에 안 될걸."

이 모습을 보아하니 아무것도 안 돌려줘도 괜찮을 것 같지만, 나중에도 기억한다면 뭔가 사자. 주스보다 찐빵을 사는 게 만족도가 더 높지만, 최근에 타카와시와 함께 행동하는 일이 별로 없어서 타이밍을 잡기가 어려웠다.

그보다 더 신경 쓰이는 점이 있었다.

"그래서, 밑에 있는 이 상자는 누가 준 거야?"

의리로 준 거라고 해도 제법 제대로 구색을 갖췄다. 적어도 편의점에서 찐빵 한 개를 살 수 있는 돈으로는 못 살 거다.

"아야메이케. 오늘은 못 온다고 대신 전해 주라더라."

그 말을 듣고 나는 아마 쓸쓸한 얼굴이 됐을 거다.

"아아, 응. 전해 줘서 고마워."

얼굴 보기 불편해서 타카와시한테 부탁한 건가.

초콜릿을 받았다는 건, 연결이 완전히 끊어지진 않았다는 증거이기도 하다. 그건 정말로 기쁘다. 접점을 만들고 싶지 않은 상대에게 초콜릿을 사 주는 사람은 없으니까.

다만 그것이 타카와시를 경유해서 전달된 것은, 직접 만나서 줄 수 없다는 아이카의 메시지도 포함되어 있는 것이라 순순히 기뻐할 수 없었다.

즉, 기쁜 거냐, 아닌 거냐, 어느 쪽이냐, 하는 얘기였다. 나도 결론을 못 내겠다.

알쏭달쏭한 초콜릿이다. 정말로 맛이 알쏭달쏭 복불복이라면 무섭겠지만.

"받아 놓고서 우울해하지 마. 기뻐할 일이잖아. 일단 소리 내서 '얏호~'라고 말해 봐. 아직 살면서 '얏호~'라고 진짜로 말하는 사람을 본 적이 없었는데 마침 잘됐네."

"절대 말 안 해. 너한테만큼은 말 안 해."

타카와시의 자리에서 대각선 위치에 있는 자리에 앉았다.

시오노미야도 안 보였다. 다이후쿠의 학생회 일이 끝나면 데이트를 하려는 걸지도 모른다.

이미 상대가 있는 입장에서 밸런타인은 그렇게 중요도가 높지 않은 이벤트일까.

책상에 둔 초콜릿 상자를 바라보았다.

상자의 폭을 벗어난 은색 리본의 끝부분이, 상자가 자신을 지키기 위해 세운 가시처럼 보였다.

나한테 초콜릿을 주지 않아도 좋으니, 동물원에서 돌아오는 길에 내가 줬던 그 초콜릿만이라도 받아 줬으면 좋았을 텐데.

사실 그 초콜릿은 여전히 방에 있었다.

소비 기한이 긴 음식이라서 문제없지만, 어느 타이밍에 먹으면 좋을지 전혀 알 수 없어서 방치 중이었다.

포장은 아이카가 떠나고 나서 북북 찢었다.

봐 줄 사람이 없어졌으니까. 초콜릿을 꾸밀 의미가 없었다.

하지만 초콜릿 본체의 상자는 깔끔하게 그대로 있었다. 안을 확인한 적도 없으니, 엄밀히 말하면 정말로 초콜릿인지조차 알 수 없다. 명란젓이 들어 있을 가능성도 일단 있다. 아니, 명란젓이라면 썩었을 테니까 명란젓은 아니겠네.

초콜릿은 먹을 타이밍을 잡기 어렵단 말이지. 먹기 시작하면 금방 없어지고. 그렇다고 오독오독 씹어 먹는 것도 아니라서 든든하게 먹었다는 느낌도 안 들고.

그래서 줄곧 내 방에 짐으로 있다.

식사는 1층에서 하니까 그때는 또 잊어버리고. 그 후 양치하고서 2층에 가면, 다시 양치하는 귀찮음이 초콜릿을 이겨 버린다. 정말이지 어중간한 녀석이다.

아니, 변명을 만들어 내는 건 이쯤에서 그만두자.

그대로 두고 있다는 건 무슨 뜻인가.

어떤 타이밍에 다시 한번 그 초콜릿을 아이카에게 줄 수 있지 않을까 기대하고 있는 거다.

마음 한편으로.

그런 전망은 전혀 없고, 기회가 있더라도 한 번 거절당한 것을 다시 주려고 하는 건 잘못된 소통법이라고 생각한다.

허물없는 사이에서나 그걸 줄 수 있는 거고, 그렇다면 지금의 내게는 이용 가치가 없다.

그런데도 나는 그것에서 자유로워지지 못하고 있었다.

방에 놓아뒀다는 건 그런 뜻이다.

이번 기회에 받은 초콜릿과 함께 먹을까.

계속 시야에 들어오는 것도 짜증나는데….

다짐하는 의미에서 타카와시가 준 다크 초콜릿의 포장을 뜯어 입에 넣었다.

확인할 필요도 없이 의리로 줬다는 것을 알 수 있는 그 한입 초코는 저렴한 가격에도 불구하고 비닐과 은박지로 이중 포장되어 있었다.

쓰다.

결코 맛이 없는 건 아니지만, 시판의 일반적인 맛이라고도 할 수 있는 쓴맛.

"와신상담이란 거지."

씁쓸함에 감정이 입 밖으로 나왔다.

"되게 무례하다. 쓸개보다는 맛있어."

타카와시가 불만스러워할 만한 발언이었기에, 미안하다고 말하며 고개를 숙였다.

"근데 왜 여자들은 쓴 초콜릿을 좋아하는 거야? 이런 걸 좋아하는 남자도 있겠지만, 여자들이 더 좋아하는 것 같아."

달지 않은 초콜릿을 왜 굳이 사는지 모르겠다. 심지어 고급 상품일수록 쓰다는 이미지가 있다. 한입 초코 밀크맛이 더 맛있다고 생각할 때도 많다.

하지만 이런 걸 타카와시에게 물어봐도 '내가 어떻게 알아?'라는 말을 듣고 끝나겠지.

마케팅 전문가나, 지레짐작으로 온라인 기사를 기고하는 좀 수상쩍은 심리학자나 사회학자 정도만 결론을 낼 수 있을 것 같다.

"실생활이 잘 풀려야 쓴 음식을 먹을 여유가 생기는 거야. 옛날에는 나도 밀크초콜릿을 더 좋아했어."

나는 의외라는 얼굴로 타카와시에게 시선을 보냈을 거다.

타카와시가 자기 자신을 이렇게 직접적으로 긍정하는 일은 거의 없지 않을까?

"뭘 봐…? 그렇게 이상한 말은 안 했잖아."

평범하게 사나운 눈길을 받고 말았다. 애초에 타카와시를 빤히 보는 것은 일반적인 의미보다 더 실례되는 일이기에 시선을 돌렸다.

"네가 자신을 행복하다고 말하는 게 뭔가 의외였어. 넌 타인에게 엄청 엄격하지만 자신에게도 엄격하니까. 만족한다는 말은 안 할 것 같았거든."

"멋대로 분석하지 마."

확실히 더 깊이 얘기해 봤자 싫어할 만한 화제였다. 가볍게 맞장구나 치면 되는 거다. 그게 올바른 커뮤니케이션일 거다. 나도 가볍게 한마디 했는데 그걸로 상대방이 내 현재 상태를 알아낸다면 불편하다.

"그럼 너도 그럭저럭 인생이 잘 풀리고 있다는 거네. 좋은 일이야."

"맞아. 속수무책으로 나쁜 일은 없고, 이래저래 **나 자신**도 싫지 않아."

역시 민망했는지 타카와시는 문고본을 꺼내 얼굴을 가렸다. 미스터리 시리즈는 몇 번째 작품인지 자세히는 모르겠으나 거의 막바지에 다다른 것 같았다.

하지만 나는 내심 다행이라고 생각했다.

내가 타카와시와 실질적으로 처음 접촉했던 청소 시간에, 저 녀석은 자신의 이능력이 정말 싫다고 했었다.

이능력과 본인은 동일하지 않다. 그건 당연하지만, 이능력과 인간의 성격도 동일하다고는 할 수 없다. 적어도 성격이 바뀐다고 해서 이능력이 바뀌지는 않는다.

그래서 마음속 오픈은 여전히 타카와시를 괴롭히고 있다.

타카와시의 성격이 아무리 밝아져도 그건 달라지지 않는다.

하지만 그 청소 시간에 타카와시는 자신을 '싫지 않다'라고 하지 않았다.

타카와시도 최근 1년 사이에 성장한 거다. 잘 풀리고 있다고 거침없이 말할 수 있을 만큼.

감정 표현이 나보다 훨씬 적어서 알기 어렵지만, 타카와시는 엄청난 강자구나.

그때, 갑자기 메이드장이 시뮬레이션실에 들어왔다.

하지만 시오노미야가 들어올 것 같지는 않았다.

"뭐야, 데이트에 방해된다고 쫓겨났어?"

요즘 메이드장의 단독 행동이 많은 것 같은데, 그 이유 중 하나는 시오노미야의 입장이 달라졌기 때문이리라. 주인님 옆에 찰싹 붙어 있을 수도 없게 되었을 거다. 지금 시오노미야의 옆에 있어야 할 것은 남자 친구다.

정곡을 찔렀는지 메이드장은 쓸쓸한 얼굴을 했다.

"남의 마음에 상처 주지 않게 조심해 주세요~"

타카와시가 매우 짜증나는 목소리로 말했다. 하지만 그 가능성이 없다고도 할 수 없기에 강하게 나갈 수 없었다.

메이드장이 이리로 다가왔다.

혹시 화난 걸까?

말없이 다가오면 무서우니까, 화난 거라면 얼마든지 사과할게….

메이드장의 손에는 뭔가 검은 비닐로 포장된 게 있었다.

겉면에 번개가 그려져 있는 초콜릿이었다. 의리용으로 주기 좋다며 몇 년쯤 전에 과자 회사가 선전했던 거였다.

"아아, 초콜릿, 고마워…."

타카와시도 메이드장에게 초콜릿을 받았다.

나와 타카와시는 그 초콜릿 과자를 오독오독 먹었다.

그렇게 먹으며 생각했다.

타카와시가 준 한입 초코, 나는 전혀 주저하지 않고 먹었네.

가격이 싸다 보니 뭘 깊이 생각할 여지가 없어서 그렇기도 하겠지만….

나는 타카와시랑은 눈치 보지 않고 지낼 수 있는 것 같다.

여전히 '좋아해'에 관해 확인하지도 못했는데.

하지만 나도 타카와시도 이상한 집착을 하고 있지는 않았다. 아주 자연스러웠다.

역시, 역시.

그 '좋아해'만 극단적으로 벗어나 있었고, 그게 여러 가정을 이상하게 만들고 있는 것 같다.

그게 아니라면 한입 초코를 준 타카와시의 상냥함을 부정해 버릴 것 같았다.

한입 초코는 연애와 관계없지만, 거기에는 상냥함이 담겨 있다.

포장지에 번개가 그려져 있는 초콜릿 과자는 겨울이라 부드러워지지 않아서 씹는 맛이 있었다.

"타카와시."

대수롭지 않게 말을 걸었다.

"응. 왜?"

아주 자연스럽게 타카와시가 돌아보았다.

있잖아, 그 마음속 오픈 말인데.

"이 과자, 겨울에 딱 맞지 않아? 여름에 먹으면 손이 끈적끈적해져."

…이럴 때 말할 필요는 없지.

"그건 겨울에 딱 맞는 게 아니라 여름에 안 맞는 거야. 끈적거리지 않는 게 전제니까."

"그럴지도 모르지만, 부정적으로 생각할 필요는 없잖아."

연애를 말할 의미가 이 시간에는 없다.

전혀 없다.

어찌 되든 좋은 얘기를 늘어놓는 게 훨씬 소중하지 않을까.

증거를 보이라고 해도 곤란하지만, 왠지 그렇게 확신했다.

타카와시의 '좋아해'는 연애와는 별개의 무언가라고.

그게 아니라면 나랑 타카와시가 이렇게 지낼 수 있을 리가 없다. 현실을 보면 그럴 리가 없다는 걸 알았을 거다.

나도 아이카도 말의 힘에 너무 끌려갔던 거다.

남은 초콜릿 과자를 호쾌하게 깨물어 먹었다.

곧장 내 몸속에서 에너지로 바뀐 느낌이 들었다.

타카와시는 다 못 먹은 초콜릿 과자를 한 손에 들고서 스마트폰을 확인했다.

"정말이지, 오늘도 안 왔는데, 할 수 있으려나? 도망칠 때가 아닌데."

"무슨 얘기야?"

"아야메이케 말이야."

타카와시는 가볍게 말했지만, 그래도 너무 직설적이었기에 나는 움찔했다.

"아야메이케, 기말고사 괜찮으려나. 어차피 계속 도망칠 수 없는데."

아아, 그런 건가.

나는 방금 또 말을 곧이곧대로 듣고 멋대로 이상해졌다….

타카와시는 그 후로도 책상에 둔 스마트폰에 유난히 시선을 줬다.

혹시 아이카가 함께 공부할 일정을 보내겠다는 말이라도 한 걸까.

집으로 가져간 초콜릿은 실제 질량보다 더 무겁게 느껴졌다.

그 후 기말고사가 다가오면서 나도 타카와시도 아이카처럼 오거나 안 오는 느낌이 되었고, 어영부영 기말고사 기간에 들어갔다.

시험은 특별히 잘 보지도 못 보지도 않은 것 같다.

아이카

기말고사 마지막 날, 그것도 마지막 과목이 끝났다는 종소리가 울렸을 때.

마음의 선이 끊어진 느낌이 들었다.

이제껏 막아 뒀던 것들이 단숨에 앞으로 밀려드는 듯한.

시험 쪽은 에링이 많이 가르쳐 줬고, 어떻게든 됐다는 느낌이 들었으니 괜찮을 거다.

하지만 그렇기에, 이대로 시뮬레이션실에서 에링을 만나는 게 무서웠다.

웃는 얼굴을 만들고서 '수고 많았어요'라며 가볍게 말을 걸 수 없을 것 같았다.

심지어 거기에는 나리히라 군도 있다.

내가 나쁜 거니까 나를 비난하면 편할 텐데.

그날, 동물원에서의 나는 최악이었다. 그런 말을 나리히라 군에게 할 거였으면 처음부터 데이트에 가서는 안 됐다. 그러니 최악이라고 말해 줬으면 좋겠다.

또 이런 생각을 하고 있다.

나리히라 군이 농담으로라도 나쁘게 말하는 건 에링뿐이다.

자기 자신을 너무 나쁘게 말하는 나리히라 군은 그 반동인지 다른 사람을 무시하지 않는다. 그런 전제가 없었다. 가끔 너무 비굴하다고 에링한테 혼나지만.

방과 후가 됐는데도 한동안 자리에 앉아 있었다. 정신 차리고 보니 벽에 걸린 시계가 15분이 지났음을 나타내고 있었다.

그때, 별로 좋지 않은 생각이 떠올랐다.

하지만 나에게는 명안이라는 느낌이 들었다.

이대로 있는 것보다는 낫다는 의미에서.

나는 스마트폰을 꺼내 몰래 숨는 것처럼 에링에게 메시지를 보냈다.

[하고 싶은 얘기가 있는데, 방과 후에 시간 괜찮나요?]

그리고 인관연의 분위기가 안 좋은 것은 내 탓이니까 사과하고 싶다는 취지의 내용을 적었다.

보내 버렸다.

이제 돌이킬 수 없다.

하나도 재미있지 않은데 웃음이 나왔다.

서큐버스라며 잔뜩 욕먹었던 시절부터 나는 전혀 성장하지 않았다. 인관연 내에서 나만 아무것도 변하지 않았다.

에링의 답장은 3분쯤 후에 왔다.

[그래.]

라는 간단한 한마디였는데, 에링도 망설였을 거다. 갑자기 불러냈으니, 아주 중요하고 무거운 얘기를 할 거라는 느낌이 들었을 터. 가벼운 마음으로 대답할 수는 없었을 거다.

나는 마침내 자리에서 일어났다.

학교 근처에 있는 슈퍼와 쇼핑몰의 중간 같은 곳에서 시간을 때우자.

오후 1시쯤, 나는 전철을 타고, 학교에서 가장 가까운 역도 아니고 집에서 가장 가까운 역도 아닌 곳에서 내렸다.

그리고 승강장의 가장 앞쪽으로 걸어갔다.

승강장의 맨 끝은 인적이 없다. 전철을 기다리는 사람이 있어도, 난방이 되는 대합실로 갈 것이다.

에링은 '왜 이런 외딴곳에서 만나는 걸까'라고 생각하겠지만, 학교나 카페에서 얘기할 마음은 들지 않았다. 사람들이 흔히 약속 장소로 쓰는 곳은 이능력 때문에 귀찮고.

급행이 역을 통과했다.

그다음, 내가 타고 온 일반 열차의 다음 일반 열차에서 딱 한 명, 개찰구 쪽이 아닌 반대쪽으로 걸어오는 사람이 있었다.

에링이었다.

"에링, 안녕하세요."

나는 먼저 인사를 했다.

거울이 없어도 얼굴이 굳어 있음을 알 수 있었다.

이럴 때 웃지 못한다면 평소에 줄곧 웃고 있을 필요가 없다. 평소에 웃고 있다고 해서 긍정적일 수 있는 것도 아닌 모양이다.

"대체 뭐야? 기말고사 결과가 괴멸적이라고 해도 책임은 못 져."

에링은 아주 귀찮다는 듯한 목소리로 그런 말을 했다.

역시 에링이 더 강하다.

즐거운 얘기일 리가 없다는 걸 알면서도 이런 곳까지 확실하게 와 줬다.

폐가 되지 않도록 빨리 끝내 버리자.

"일일이 오라고 해서 미안해요. 에링은 최근 한 달간 뭔가 이상하다고 느꼈어도 이유를 알 수 없어서 답답했을 거예요. 그래서 그걸 전하고 싶어서요."

다른 사람과 시선을 맞출 수 없는 에링은 내 가슴 부근을 보고 있었다.

"최대한 짧게 말해 줘. 승강장은 바람이 지나가잖아. 그리고 바로 옆을 강철 흉기가 질주하고, 심리적으로 그렇게 좋은 곳은 아니야.”

왠지 에링은 벽 쪽으로 좀 더 다가간 것처럼 보였다.

“그, 1월 말에, 나리히라 군과 동물원 데이트를 했어요.”

“그럴 것 같았어. 갔다는 건 너한테 들었으니까.”

에링은 작게 고개를 끄덕였다.

계속 말하라는 뜻이었다.

“그리고 돌아오는 길에 나리히라 군에게 고백받았어요. 아이카는 죄송하다고 말했어요.”

여기까지는 말하는 게 별로 어렵지도 않을 텐데, 역시 에링 앞에서는 말하기 힘들었다.

하지만 에링이 맨 처음 보인 반응은 내가 생각했던 것과 달랐다.

“아아, 그레 군, 정말로 고백까지 했구나.”

감탄하는 것 같았다.

“또 어중간한 데서 멈추고 자기혐오에 빠져 있을 가능성도 있다고 생각했는데. 하지만 그건 아니었나 보네. 차이고 나서 마음을 추스르지 못하는 건, 뭐, 같은 동아리니까 얼굴도 마주치고, 어쩔 수 없나.”

에링만의 방식으로 나리히라 군을 칭찬하고 있었다.

“75점 정도네. 마음 정리가 늦는 점은 아직 미숙하지만, 합격이긴 해.”

그 점수는 나리히라 군을 에링이 확실하게 인정하고 있다는 증거였다.

하지만 그래서 확신했다.

틀림없다.

에링은 내가 왜 고백을 거절했는지 모른다.

그렇기에 이다음 얘기를 전해야 했다.

안 그러면 나리히라 군도 에링도 앞으로 나아가지 못한다.

"그런 거라면 아야메이케가 사과할 일이 아니잖아. 누구든 거절할 권리는 있으니까. 같은 동아리이고 친해도, 사귀느냐 마느냐는 별개의 얘기지. 차인 순간 장례식 같은 기분이 되는 사람도 있겠지만, 그건 그런 기분이 되는 측의 책임이야."

"아니에요. 에링, 조금 더 들어 주세요."

바람이 선로를 가로지르듯 불었다.

에링은 옆으로 날리는 검은 머리를 눌렀다.

우리 학년에서 가장 머리가 좋고 가장 아름다운 '얼음 공주'.

나는 이 사람과 비교하면 잘난 점이 있을까?

"크리스마스 이벤트 날, 기억하죠?"

"왜 크리스마스 얘기가 나와?"

에링은 고개를 살짝 기울였다.

"돌아가는 길에, 남쪽 출구의 일루미네이션 장소에서 에링, 나리히라 군과 만났죠?"

"맞아, 만났지만, 그걸 네가 어떻게 알고 있어?"

에링이 이해할 수 없다는 표정을 지었다.

이야기의 출구가 정말로 보이지 않는 것 같았다.

"혹시 그걸 보고 나랑 그레 군이 사귄다는 생각이라도 했어? 그렇다면 어처구니없는 오해야. 이에 관해서는 목숨이든 토지든 뭐든 걸 수 있어."

알고 있다. 두 사람은 사귀고 있지 않다.

두 사람은 그런 것과는 다른 관계로 살고 있으니까.

하지만 안 된다.

"그건 의심하지 않아요. 하지만… 마음속 오픈이 나타나 있는 걸, 우연히 보고 말았어요."

"……!"

에링이 말로 표현할 수 없는 소리를 냈다.

에링에게 이능력은 정말로 언급되고 싶지 않은 부분인 거다.

하지만 나는 언급해야 한다.

그러지 않으면 에링은 언제까지고 모르는 채다.

"거기에 '좋아해'라고 적혀 있었어요."

에링의 얼굴에서 표정이 싹 사라졌다.

그리고서 에링은 살짝 비틀거렸다.

에링이 있는 곳만 갑자기 중력이 변한 것 같았다.

"아아…. 그런 말이 적혀 있었구나…. 나도 그건 예상 못 했어….”

에링은 입가에 오른손을 대고서 중얼거렸다. 뭔가, 표정을 안 보여 주려고 하는 것 같았다.

“그때 에링이 의식하지 않았더라도 그건 고백이라고 아이카는 판단했어요. 에링은 나리히라 군에게 고백했던 거예요.”

마음속 오픈을 말하는 게 가장 힘들다.

말하고 나서 알았다.

남을 불쾌하게 만드는 것은 결코 좋은 일이 아니다. 원망받는 것은 차치하고, 자신의 마음도 황폐해져 버린다.

나는 모두에게 잘 보이려고 싹싹하게 굴며 살아왔다. 원래부터 여자뿐만 아니라 남자들에게도 말을 거는 성격이었다. 누구에게나 웃어 주는 게 좋은 일이라고 생각했다. 초등학교 국어 교과서에도 그런 말이 적혀 있었을 터다.

하지만 현실은 달라서, 누구에게나 웃어 주면 오히려 원망을 사는 일이 많았다. 여자들이 뒤에서 나를 험담하는 일도 자주 있었다. 서큐버스라고 불리기도 했다.

남자와 얘기 중에 매혹화 이능력이 발동해서, 남자가 열에 들뜬 것 같은 상태가 되어서 그대로 고백한 일도 몇 번 있었다.

인관연에 들어간 뒤로 동성 친구도 늘고, 오랜만에 누군가에게 폐 끼치지 않고 웃게 됐다고 생각했지만… 안 될 것 같다.

지금 내가 웃고 있으면 에링은 불쾌해질 거다.

그래서 나는 웃고 있지 않았다.

나는 에링에게 미움받기를 기다리지 않고 먼저 싫은 녀석이 되었다.

의식해서 이런 일을 한 것은 처음일지도 모른다.

괴롭지만, 나 스스로 싫은 녀석이 되는 것은 미움받기를 기다리는 것보다 훨씬 편했다.

이제 내가 결단해야 하는 일은 전부 끝났다.

에링에게 미움받을 만한 말은 했으니까, 이제부터는 흐름에 몸을 맡길 뿐이다.

"에링, 나리히라 군과 사귀어 주세요. 그러면 원만하게 해결될 거예요. 나리히라 군도 아이카를 좋아한다고 말해 줬지만, 줄곧 에링을 좋아했어요! 그런 건 아이카도 알 수 있어요! 나리히라 군은 에링과 얘기할 때 훨씬 더 즐거워 보이는걸요!"

내가 악역이 되었다고 느꼈다.

마음속 오픈을 말한 시점에 에링은 마음을 후벼 파인 기분일 것이다. 심지어 에링도 몰랐던 과거를 나는 억지로 열어젖혔다.

하지만 한 번 떨쳐 내서 그런지, 그게 편하게 느껴지기도 했다.

급행열차가 우리 옆을 지나갔다.

바람이 우리한테도 불었다. 전철이 승강장을 통과할 때의 격렬한 소리가 에링과 내 대화를 완전히 차단했다.

그동안 나는 에링의 눈을 바라보려고 했다.

단시간이라도 눈을 봐서 내 각오를 전하려고 했다.

시선이 마주칠지 말지는 에링에게 달렸지만.

"그런 건 친구를 위한 일이 아니야. 아야메이케, 확실히 말하 겠는데, 너 여러 가지를 우습게 만들고 있어."

에링과 눈이 딱 마주쳤다.

나를 노려보고 있었다.

시선은 금세 이동해 버렸지만, 그것이 에링의 분노 표명이었 다.

응, 그거면 됐다.

나는 미움받는다. 그걸로 끝내겠다.

"넌 서큐버스가 아니지만, 디스트로이어야. 심지어 선의로 그러는 거니까 처치하기 곤란해. 그레 군보다 더 비굴해."

"그럴지도 몰라요. 하지만⋯ 아이카에 관한 건 어찌 되든 좋 아요."

훨씬 더 중요한 게 있다.

"에링도 나리히라 군을 좋아하죠?"

말했다.

기말고사보다 더 지쳐 버렸다.

하지만 이게 내가 끝맺기로 한 방식이다.

"제일 중요한 걸 대답해 주세요! 그 '좋아해'는 그런 거였다고 말해 주세요! 에링이 나리히라 군을 좋아한다면 아이카는 아무것도 할 수 없어요! 같은 마음인 두 사람이 거기 있으니까! 아이카가 할 수 있는 일은 두 사람을 응원하는 것뿐이에요. 아이카는 에링에게 미움받고 싶지 않아요!"

마지막 한마디는 엄밀히 말하면 거짓말이었다.

나는 미움받기 위해 이런 일을 하고자 한 거니까.

내가 미움받으면 이야기는 해결된다.

미움받는 게 즐겁지 않다는 것은 서큐버스라고 불렸을 때부터 알고 있지만, 지금은 내가 미움받아야 다른 모두가 행복해질 수 있다.

그러니까 지금 내가 미움받는 것에는 제대로 의미가 있다.

에링은 시선을 아래로 내렸다.

그리고 한 걸음 다가왔다.

또 조용히 한 걸음 더.

에링의 얼굴에서 표정은 여전히 사라졌지만, 대충 헤아릴 수 있었다.

가만히 있을 수 없을 만큼 격노해 버린 걸까.

에링은 정말로 화나면 어이가 없어서 돌아가 버릴 줄 알았는데, 혹시 맞게 되더라도 체념하자. 잠깐 아플 뿐이다.

나는 양손을 꽉 움켜쥐었다.

"내가 어떻게 생각하든, 내가 말하지 않으면 아무런 효력도 없어."

다가온 에링은 웃고 있었다.

그리고서 내 왼쪽 **뺨**을 때렸다.

아니, 때린 건 아니다. 위력이 약했고, 심지어 **뺨**에 손이 머물러 있었다.

만지는 것과 때리는 것의 중간쯤일까.

"그렇게 말한다는 건, 역시 나리히라 군을 좋아하는 거잖아요. 자신에게 솔직해지세요."

내 입에서 불만이 나왔다.

납득이 안 갔다. 납득할 수 있을 리가 없었다.

"에링은 아이카랑 얘기하는 것보다 더 많이 나리히라 군과 얘기하잖아요. 누가 봐도 일목요연해요! 에링이 잘 어울려요!"

거리가 가까워서 오히려 시선이 안 맞았다.

"잘 들어. 내가 동맹 상대를 방해하자고 생각한 적은 한 번도 없어. 불평은 원 없이 했지만."

에링의 말에는 여유 같은 게 있었다. 시선은 맞지 않아도 웃고 있는 것은 확실했다.

"마음이 어떻게 적혀 있었든, 그런 건 무의미해. 애초에 무의미하다고 인정해 준 사람이 너잖아."

"무슨 말이에요? 아이카는 그런 적….."

"안 그랬으면 너랑 화해할 수도 없었겠지. 내 마음의 소리를 보고 진짜로 화냈던 거, 잊어버린 건 아니지?"

아아, 그런 일도 있었다.

에링의 마음속 오픈을 보고, 나는 또 험담이라고 생각해서 인관연을 뛰쳐나갔었다.

에링과 화해할 수 있었던 것은 어느 정도 시간이 지난 뒤였다.

하지만 지금 생각해 보니 알겠다.

나는, 아야메이케 아이카는, 다른 사람에게 미움받는 것이 괴로웠으면서, 내가 다른 사람에게 미움받지 않을 거라고 믿지도 못했었다.

어차피 나는 미움받을 거야. 어쩔 수 없어. 서큐버스니까.

남을 믿지 못하는 것은, 늘 독설을 내뱉는 에링도 아니고, 뭐든 부정적으로 생각해 버리는 나리히라 군도 아닌, 나다.

마음을 닫고서 포기하고 있던 건 나였다.

"확실하게 말할게. 나는 그레 군과 사귈 마음이 없어. 그야 오랫동안 같이 인관연 활동을 했으니, 싫어하지도 않고 나쁜 녀석이라고 생각하지도 않아. 하지만 그레 군과 사귄다는 미래는 없어. 의견을 표명하기 전부터 양보받는 건, 달갑지 않은 친절 빼기 친절이야."

에링은 "즉, 그냥 달갑지 않다는 거지."라며 킥킥 웃었다.

나는 혼란스러웠다.

왜 이렇게 연애까지 전부 포기한 듯한 태도를 보일 수 있는 걸까.

그때 그 '좋아해'에 거짓말은 없을 텐데.

완전한 거짓말이었다면 '좋아해'라는 글자가 나오지 않았을 테니까.

이런 건 자신을 억누르고 있는 거다. 왜곡하고 있는 거다.

어라?

정말 그럴까?

에링은 일관된 태도를 보이고 있었고, 이전에도 이상한 점은 없었다.

에링의 손이 떨어졌다.

하지만 에링은 나와 거리를 두려고 하지 않았다.

"좋아하는 사람의 연애를 어떻게 응원할 수 있는 거예요? 우연한 결과라고는 하지만, 에링은 마음도 전했는데…."

"말로 먼저 전한 사람은 아이카잖아."

아이카라고 했다.

불시에 기쁜 마음이 끼어들어서 나는 더 혼란스러워졌다.

양손으로 내 얼굴을 눌렀다.

에링의 손이 올려져 있었던 왼쪽 뺨만 살짝 따뜻했다.

"아이카, 나랑 그레 군 같은 인간끼리 이어지는 일은 없어. 서로가 잘 보일 때도 있지만, 그건…."

에링의 눈이 선로 쪽으로 갔다.

전철이 통과한 건 아니었다.

그저 마주하고 있는 상행선과 하행선의 승강장 사이에 선로 두 개가 뻗어 있을 뿐이었다.

"이 선로 같은 거야. 상대방이 잘 보이더라도 평행선인 채 겹치는 일은 없어. 그러니까 진정한 의미에서 우리는 동맹 상대인 거야. 그레 군도 그건 같은 생각일걸."

확실히 나리히라 군의 마음은 내게 향했다.

하지만, 하지만.

"세이고에서 그레 군과 사귈 가능성이 있는 사람은 아이카랑, 그리고 기껏해야 드리코밖에 없지 않을까? 아마 그렇게 빗나간 발상은 아닐 것 같은데."

에링이 차분한 모습을 보일수록 나는 안절부절못하게 되었다.

나는 두 사람을 이어주기 위해서라면 얼마든지 나쁜 사람이 될 생각이었는데.

"에링은 그걸로 만족하나요? 나리히라 군을 '좋아'하지 않나요? 나중에 후회할지도 몰라요!"

에링은 고개를 가로저었다.

머리카락이 좌우로 흔들릴 만큼 크게.

그리고서 내 눈을 지그시 응시했다.

"그레 군과의 동맹은 연애처럼 무르지 않아."

이때의 에링은 굉장히 시원스러웠고….

무척 행복해 보였다.

"나는 그레 군과의 동맹을 소홀히 여긴 적 없어. 난 항상 그
레 군을 생각했고, 그레 군도 어떻게 하면 내게 친구가 생길지
생각해 줬어. 내가 한발 먼저 어둠에서 벗어난지라 최근에는
그레 군에게 신세 지지 않지만."

뭘까.

자부심이, 그것도 아주 확고한 자부심이 느껴졌다.

내가 뭐라고 할 수 있는 건 아무것도 없었다.

"그레 군은 그래 봬도 조금씩 성장하고 있어. 연말쯤부터 내
가 도와줄 필요도 없어졌어. 동맹 상대로서 자랑스럽게 보고
있어. 늦다면 늦지만."

전우를 칭찬하는 것 같다고 나는 생각했다.

그런가.

에링과 나리히라 군은 연애니 뭐니 하는 것보다 더 깊은 곳
에서 연결되어 있는 거다.

거기에 새삼 내가 끼어들 수 있는 자리 같은 건 없다. 양보할 수 있는 것 따위 없다.

그런 두 사람이 눈부셨다. 분하기도 했다.

하지만 내가 나리히라 군과 몇만 번을 만나도 에링과의 이런 관계처럼 되지는 않을 테니, 분하게 여기는 게 이상한 일이었다.

"그레 군이 꽃게처럼 자꾸 옆으로만 가려고 하는 건 유명하지만, 아이카, 너도 앞으로 나와야 해. 아이카, 알고 있어? 아이카, 아이카, 아이카. 막상 말해 보니 그렇게 부끄럽지도 않네."

빈 껍데기처럼 우두커니 서 있었다.

에링은 나보다 훨씬 어른이다.

마음속 오픈 따위 필요 없다.

지금의 에링을 본다면 실은 괜찮은 척하는 거라고 의심할 수가 없을 거다.

"미안해요."

내가 말했지만 무엇에 대한 사과인지 알 수 없었다.

이전과는 다른 종류의 자기혐오.

"미안해요, 미안해요! 정말 미안해요!"

에링은 그런 나를 보고서,

"아하하하하하하!"

하고, 그늘 없이 즐겁게 웃었다.

매서운 독설을 날리는 모습 따위 전혀 상상이 안 가는, 바꿔 말하자면 흔히 볼 수 있는 여고생 같은 웃음이었다.

"너도 그레 군이랑 똑같아, 아이카. 마음속으로 혼자 멋대로 고민을 키우고 있어. 하지만 그런 건 무의미해. 밖으로 꺼내 보면 사소한 일이라는 것을 알 수 있으니까."

에링은 딱 잘라 그렇게 단언했다.

"아아, 그럼 그레 군도 오해하고 있겠구나. 그쪽도 할 일이 하나 더 남았네."

아마 최후의 일이 될 것 같아. 그런 말을 중얼거리고서 에링은 몸을 휙 돌렸다.

"예전에 싸우고 복도로 뛰쳐나갔던 사람은 아이카지만, 이번에는 내가 뛰어서 돌아가야겠어."

나는 말없이 에링을 보고 있을 수밖에 없었다.

무슨 말을 하면 좋을지 알 수 없었다.

"아이카, 행복해 보이는 얼굴을 하게 되면 다시 만나자."

에링은 내 쪽으로 손을 붕붕 흔들었다.

내가 웃지 못하고 있는 액운을 쫓아내려는 것처럼.

그리고 승강장의 중앙 쪽으로 달려갔다.

청춘을 유난히 강조하는 음료수의 광고 같아서.

심지어 에링에게 그게 위화감 없이 잘 어울려서.

분명 지금의 나보다 에링 쪽이 더 하루하루를 즐기고 있음을

한눈에 알 수 있었다.

어느새 에링의 모습은 안 보였다.

나는 그 자리에 털썩 주저앉았다.

"아~ 아아아아아, 아아아~!"

미움받으려고 했는데 그것도 못 하고.

그런 주제에, 조용히 있을 수 없을 만큼 부끄러운 마음이 한 가득했다.

나는 엉망진창이다.

하지만 에링도 나리히라 군도 이런 기분을 몇 번이나 느꼈을 거다.

전장에서 살아남은 사람들은 강하구나.

전부 끝난 뒤에 눈물이 차올랐다.

몸도 마음도 지쳤다고 호소했는데, 그 반응이 이 눈물인 모양이었다.

"진짜! 아이카만 바보잖아요! 바보인 건 시험 점수만으로도 충분하다고요!"

일반 열차가 왔지만, 나는 타지 않고 열차를 보냈다.

돌아가려면 좀 더 차가운 바람으로 머리를 식혀야 했다.

그리고 눈물도 말라야겠지.

3 일대일로 대화하는 건 꽤 신경을 써야 한단 말이지

3학기 기말고사가 끝났다.

돌려받지 못한 과목도 있지만, 잘하지도 못하지도 않았으니 무사히 끝났다고 할 수 있었다.

이로써 마침내 움직일 수 있게 되었다.

시험 기간 중에 아이카를 불러낼 수는 없으니 말이지. 그러면 성적을 떨어뜨리기 위한 책략이라고 오해받는다.

아무튼, 대규모 자연재해 때문에 휴전하기로 한 전국 시대 무장처럼, 나는 시험이 끝나기 전까지 아이카와 엮이는 것을 의도적으로 중단했었다.

하지만 끝났다고 바로 불러내도 괜찮나 하는 생각이 든단 말이지….

시험 결과가 전부 나온 다음에 만나는 게 좋을까?

그쪽이 좀 더 시험이 끝났다는 느낌인데….

그런 생각을 하고 있던 날 밤, 타카와시한테서 LINE이 왔다.

[내일 아침 일찍 시뮬레이션실로 와라.]

라고 적혀 있었다.

명령형이었다.

그냥 '와'로 끝낼 수도 있잖아.

그 말투는 너무 거만하지 않아?

친한 사이에도 예의가 필요하지 않아? 하지만 불평하면 친한 사이가 아니니까 예의도 필요 없다고 할 것 같다….

이걸 거절할 용기는 내게 없었기에, 나는 시키는 대로 하기로 했다.

그리고 타이밍이 타이밍인지라 신경 쓰였다.

타카와시도 시험 기간이 끝날 때까지 뭔가 기다렸던 걸까?

그날은 추위도 조금 누그러져서 봄 햇살 같다고 일기 예보에서 말했지만, 아침은 확실하게 추웠다. 자전거로 통학하는 건 아직 힘들었다. 폭우가 쏟아질 때보다는 낫다고 자신을 위로하며 페달을 밟았다. 평소보다 이른 시간에 등교해서 더 추운 것 같았다.

도착한 세이고는 한산했다.

가방을 교실에 두고 가도 좋았지만, 간격이 생기는 것도 싫어서 곧장 5층으로 갔다. 사람이 적어서 그런지, 계단에서 발소리가 크게 울렸다.

계단을 오르는 중에 새삼 이런 생각이 들었다.

근데 무슨 일로 부른 거지?

그 녀석이 내게 지시하는 게 한두 번 있는 일이 아니라서 감각이 마비됐었다.

이번에는 무슨 말을 하려는 거야? 불안하긴 하지만, 그래도 에리아스와 만날 때와 비교하면 마음은 훨씬 평온했다.

생각해 보면 신기한 일이다. '좋아해'라는 글자를 본 사실은 사라지지 않았는데 나는 평상심을 유지할 수 있었다.

그야 그런가.

상대를 불러내서 고백하는 짓을 타카와시가 할 리 없다.

응, 그건 아니지.

그래서야 되겠냐고.

그 녀석은 그런 통속적인 짓은 안 한다. 애초에 그렇게 불러내서 고백하는 건 방과 후에나 하지, 아침 일찍 하지 않는다.

사회인도 고백은 저녁 식사를 하러 레스토랑에 가서 하거나 밤에 한다. 무드는 밤에 생긴다. 어르신이 라디오 체조를 하는 시간에 사랑을 전하는 녀석은 없다.

그보다 내가 좋아하는 사람은 아이카니까 고민할 요소는 전혀 없다.

그렇다면 다른 건 사소한 일이다.

기껏해야 오늘도 타카와시한테 뭔가 불평을 듣는 게 다일 것이다. 그런 불평도 안 듣고 싶지만, 내가 정할 수 있는 일은 아니다.

이왕 왔으니까 긍정적으로 생각하자. 내가 드레인을 제어하게 됐다는 얘기를 묘조 선배에게 듣고 그걸 축하해 주려는 걸지도 모른다.

…아니, 그럴 리가 없겠지.

기쁜 일이긴 하지만, 그것도 아침 일찍 할 얘기는 아니다.

축하도 역시 보통은 오후에 한다. 아침 10시부터 열리는 생일 파티는 없다.

부정하는 형태로 생각하니까 아침은 별로 쓸모가 없네.

무슨 용건일지 예상하지 못한 채 시뮬레이션실에 왔다.

이미 교실 안에서 타카와시가 기다리고 있었다.

벽에 기대 평소처럼 재미없다는 얼굴을 하고 있었다.

평소보다 20%는 더 재미없어 보였다.

귀찮지만 피해 갈 수 없는 일이라는 건가.

타카와시를 이해하는 게 예전보다 능숙해졌다.

천천히 미닫이문의 레일을 넘어 교실 안쪽, 타카와시의 공간으로 들어갔다.

"안녕."이라고 말하자 타카와시가 나를 힐끗 보았다.

"제대로 왔네."

"지각하진 않았으니까, 너무 빨리 왔더라도 불평은 안 들어."

"좋아. 본론이 산만해지니까 불평은 나중에 하겠어."

역시 하겠다는 거잖아.

"확실하게 해 두는 게 좋을 것 같았어. 그 왜, 픽션에서도 몬스터나 악역의 숨통을 확실하게 끊어 두지 않으면 등을 돌리자마자 살해당하기도 하잖아?"

"그거, 상쾌한 아침에 할 얘기야? 내가 나고 자란 문화와는 다른 것 같은데."

예시가 이상해서, 내가 모르는 본론이 벌써 떠나려고 하는 건 아닌지 신경 쓰였다.

"그럼 내가 사양하는 것도 이상하니까 본론에 들어갈게."

네가 뭘 사양한다는 건데, 라는 말은 꺼내지 않았다.

언제까지고 얘기가 진행되지 않을 테니까. 딴죽을 거는 것은 일상 대화에는 좋지만, 농밀한 이야기에는 적합하지 않다.

기대고 있던 벽에서 타카와시가 몸을 뗐다.

"나한테 명령권이 남아 있는 거 기억하지?"

타카와시는 하치오지 시내에서 눈초리 사나운 사람 톱10에 들어갈 만한 삼백안으로 내 얼굴을 보았다.

나를 부른 이유의 절반은 그걸 듣고 알았다.

"그래, 확실하게 기억…."

"참고로 잊어버렸다고 하면 진짜로 실망할 거야. 실망했다고 일일이 말하지 않을 정도로 실망할 거야."

"덧붙이는 게 빠르다고! 내가 기억한다고 말하려고 했잖아!"

여기서 듣고만 있을 수는 없기에 적절히 반격했다.

최근 타카와시는 대화를 억지로 자신의 페이스로 끌고 가려 드는 버릇이 있었다.

내 반응이 예전만큼 처참하지 않아서, 마구 물어뜯는 흐름으로 끌고 가기 어렵기 때문이리라. 다소 졸속해도 쓸데없는 말을 하며 강습해 왔다. 어떤 의미에서 타카와시의 졸속함은 내가 성장했다는 증거라고도 할 수 있었다.

아니, 내가 바로 말문이 막힌다고 해서 마구 물어뜯어도 되는 건 아니지만…. 인간이라면 누구나 가지고 있는 존엄을 공격하니까….

그런 건 어찌 되든 좋지만, 명령권은 똑똑히 기억하고 있었다.

예전에 나는 세이고의 문화제인 세이고제 때 타카와시와 이런 승부를 했었다.

'누가 먼저 친구를 만드는가.'

그 무렵에는 나도 타카와시도 친구라고 할 수 있는 친구가 없었다.

아이카는 분명 친구라고 해 줬겠지만, 그렇게 먼저 성큼성큼 다가와 주는 인재는 반칙이다.

그런 사람만 기다리고 있다가는 명백하게 수동적인 인간관계가 된다. 아이카 같은 사람과만 인간관계가 발생한다.

　나도 타카와시도 더 적극적으로 친구를 만들러 나서야 한다는 위기감은 있었기에, 벌칙 게임까지 설정하여 친구를 만드는 승부를 한 것이다.

　그 승부에서 나는 아깝게도 패배했다. 패배를 합리화하려는 게 아니라 정말로 아까웠다.

　타카와시에게 먼저 이신덴이라는 친구가 생겼다.

　더 빠른 단계에 내가 다이후쿠를 친구라고 확신했다면 승부가 어떻게 됐을지 모르지만, 친구인가 지인인가 하는 경계에서 내가 허둥거리는 사이에 선수를 뺏겼다. 내 겁쟁이 기질이 부른 패배였다.

　덧붙여 이긴 사람은 진 사람에게 명령을 하나 내릴 수 있었다.

　갑자기 아침 일찍 불러낸 걸 보면 그 명령을 쓸 일이 생각난 거겠지.

　"슬슬 쓰지 않으면 잊어버린 채 넘어가 버릴 것 같으니 말이지. 얼마든지 말해."

　"그럼 '죽어'라고 해도 돼?"

　"당연히 안 되지! 그리고 그러면 너도 감방 가게 되는 거야! 명령해도 되는 입장이었다는 이유는 더 높은 차원의 법 앞에서는 무력하니까!"

　농담으로라도 하면 안 되는 말이라고. 강제하진 않겠지만 말

조심하려고 노력이라도 해.

"그레 군을 위해 체포되다니, 한 번뿐인 인생을 그렇게 낭비할 수는 없으니까 참을게."

어쩔 수 없다는 얼굴로 타카와시가 한숨을 쉬었다.

"아니, 참겠다는 건, 해도 되는 환경이라면 하겠다는 의미로도 해석돼서 무서운데."

이 녀석, 절대 독재자로 만들면 안 되는 타입의 인간이야….

근데 왜 이렇게 샛길로 빠지며 본론을 피하려고 하는 거지?

타카와시는 평소보다 더 탈선하려 드는 구석이 있었다.

내 쪽에서 타카와시의 얼굴을 1초만 응시해 주려고 했는데….

완전히 눈이 마주쳤다.

직소 퍼즐이 딱 맞아떨어지는 것만큼 훌륭하게.

타카와시도 나랑 비슷한 생각을 했던 모양이다.

"명령권을 행사하겠어."

타카와시는 말하는 것만 보면 냉정했다.

표정도 냉정했다.

그런데 이 녀석 나름의 갈등이 있음을 알 수 있는 것도 이상한 이야기다.

그만큼 이래저래 이 녀석과 이야기해 왔기 때문인가.

"그렇겠지. 시효가 끝나지 않게 그런 권리가 있다는 걸 확인해 둘 요량이면 LINE으로도 되니까."

얼른 말해 줘.

타카와시는 시선을 한 번 돌렸다.

마음속 오픈 대책이었다. 그랬다. 본래 타카와시는 마음속 오픈이 나타나도록 하는 우를 범하지 않는다.

그렇기에 크리스마스 때는 엄청난 실책이었던 거다.

심지어 자신이 눈치채지 못할 정도의.

타카와시가 나를 응시했다.

나는 타카와시가 응시하는 것을 기다리고 있었다.

타카와시가 내 가슴 쪽으로 오른손 검지를 들었다.

계속 아무 말도 안 했다면 사람을 손가락질하지 말라고 했겠지만, 그럴 새도 없이 타카와시가 입을 열었다.

"아야메이케한테 한 번 더 고백해."

"그럴 생각이야."

즉답했다.

전혀 당황하지도 않았고, 스스로 점수를 매기자면 80점은 무조건 넘는다.

왜냐하면 원래 그럴 작정이었으니까.

어차피 다른 길도 없다. 그저 잠시 쉬는 턴이었을 뿐이다.

움직이기 위해 워밍업을 하는 타이밍이었던 거니까 전혀 문제없다.

오히려 타카와시가 내 반응에 동요한 것 같았지만.

"아주 멋진 얼굴로 말하네."

입가에 미소를 띠고서 대답했다.

이에 관해서는 칭찬이라고 생각해도 되겠지?

"우중충한 얼굴로 있으면 안 된다고 누군가한테 잔소리를 엄청나게 들었으니까. 또 도망친다고 할지도 모르지만, 재워 두는 시간을 가졌을 뿐이야. 차이고 일주일 후에 재도전하는 건 포기하지 않는 마음을 가진 사람이 아니라 그냥 스토커잖아. 마침 차인 지 한 달쯤 됐나."

이제 나는 타카와시의 명령을 들어야만 한다.

역시 그만두겠다는 선택지는 없다. 그건 규칙 위반이니까 선택할 수 없다. 외톨이는 준법 의식이 높아서 규칙은 확실하게 지킨다.

앞으로 나아갈 힘을 줘서 고마워.

우리의 동맹은 지금도 살아 있다. 꽤 굳건하다.

그리고 나도 격려를 받았다.

하지만 이것만큼은 물어봐야 했다.

"하나 가르쳐 줘, 타카와시."

타카와시 쪽으로 한 걸음 크게 다가갔다.

타카와시가 시선으로 자신의 진심을 전하듯이, 나는 상대방과 나의 거리로 진심을 전해야 했다.

지금이라면 확실하게 확인할 수 있다.

오히려 지금 확인하지 않으면 또 답 없는 고민의 루프에 빠진다.

"크리스마스에 너랑 역 앞 일루미네이션 장소에서 얘기했었잖아."

타카와시는 부정도 긍정도 하지 않았다.

그야 그럴 거다.

이 정도는 부정할 말도 아니고 굳이 긍정할 말도 아니다.

"마음속 오픈이 나타났었어."

이게 바로 줄곧 묻지 못하고 찜찜해하던 거다.

"대수롭지 않은 내용이었다면 나타났다고 바로 말했겠지만, 여러 가지 사정으로 그럴 수가 없었어. 아아, 그 사정이 뭔지는 바로 말할 거야. 가르쳐 줬으면 하는 것과도 연결돼. 일단은 끝까지 들어 줘."

왠지 말수가 늘어난 것 같다.

당당할 수가 없었다.

아직도 나는 발전 도상인가.

하지만 그것도 성장 중이라는 의미라면 나쁘지 않지. 이런 데서 성장이 멈춘다면 절망뿐이라고 타카와시도 말할 거다.

타카와시의 얼굴에는 얼른 계속 말하라고 쓰여 있었다.

"마음속 오픈에는, 딱 세 글자만 표시되어 있었어. '좋아해'라고."

꿈속에 있는 것 같은 느낌이었지만 틀림없이 현실이다.

타카와시가 움직여 줬기에 나도 카드를 꺼낼 수 있었다.

타카와시, 동맹 상대가 내 연애를 응원해 주고 있으니까. 아이카에게 한 번 더 고백하라고 말하고 있으니까.

여기서 흐지부지 넘어가면 정말로 평생 답을 모르는 찜찜함이 남을 것 같았다.

"그 '좋아해'는 뭐였던 거야?"

타카와시에게 물었다.

타카와시가 뭐라고 대답하든, 내가 할 일은 달라지지 않는다.

아이카에게 고백한다. 그게 규칙이다.

심지어 규칙을 부여한 사람은 타카와시다.

지금은 절대 도망쳐선 안 되는 때다.

타카와시를 상처 입힐 우려도 있지만….

계속 모르는 척하는 건 잘못됐다는 생각이 들었다.

나한테 화내는 건 상관없지만, 운다면 분명 흑역사가 되겠지.

아니. 내 역사 같은 건 어찌 되든 좋다. 타카와시에게 어떨지가 중요하다.

기도하듯 타카와시의 얼굴을 바라보았다.

타카와시의 표정은 풀어져 있었다.

미소 짓고 있었다. 타카와시는 미소 짓고 있었다.

"아, 그런 거였구나. 후후후."

어? 어떻게 된 거지…?

이런 반응은 예상하지 못했는데….

웃고 있지만, 내가 즉답한 것을 칭찬했을 때와는 의미가 달랐다. 애초에 타카와시는 그렇게 잘 웃는 녀석이 아니었다.

무슨 말을 할지 예상이 안 간다.

이랬는데 '줄곧 좋아했어'라고 하면 나도 쉽게 정리하지 못할 거야….

타카와시는 웃으며 창밖을 보았다.

아니, 제발 흐지부지 넘어가진 말아 줘….

대답해 주지 않으면 이런 건 알 수가 없다고.

어둠을 없애기 위해 움직였는데 더 캄캄해지면 곤란하다…. 행동이 오히려 악영향을 미치는 일도 있겠지만 말이지….

한동안 타카와시는 창밖을 바라보고 있었다.

거기에 그렇게 희한한 것도 없잖아.

이쪽을 봐 줘.

야…. 이러면 남들 눈에는 내가 널 좋아하는 것처럼 보일 거 아니야.

그런가. 나는 앞으로 나아가려고, 제대로 아이카와 마주하려고 마음속 오픈을 얘기했지만 타카와시가 이런 태도를 보이면 전부 다시 오리무중이 되어 버리는구나.

뒤돌아보지 말라는 옛날이야기에서 무심코 돌아본 어리석은 주인공 같다.

말로 꺼내면 그걸로 게임 오버가 되는 타입의 질문이었던 걸까?

의문을 남기지 않으려고 하다가 자기 신세를 망치게 될 때도 있다. 아이카에게 마음을 부딪치기로 했으니, 타카와시를 생각해선 안 됐던 거다. 어떻게 변명해 봤자 역시 그건 미련이고 망설임이다.

나는 거기까지 생각이 미치지 못했었다.

타카와시가 그런 평범한 여자처럼 행동하리라는 것을 알 수가 있었겠는가.

아니, 정말로 그랬을까.

말하지 않았어도 타카와시가 연애 감정을 전한 적이 정말로 없나? 그걸 둔감한 내가 줄곧 몰랐다든가…?

타카와시는 창밖에 시선을 주며 이쪽을 돌아보지 않았다.

내 말 같은 건 처음부터 안 들렸나 싶을 만큼 긴 시간이 지났다. 이렇게나 시간이 길게 느껴진 적은 없었다.

어떤 말이 기다리고 있을지, 아니, 말이 있긴 할지도 알 수 없었다.

나는 안달복달하며 타카와시의 뒷모습을 바라보았다.

계속 바라보았다.

더는 견딜 수 없어서 내가 뭐라도 말하려고 입을 열려고 했을 때.

타카와시는 창문 쪽에서 내 쪽으로 얼굴을 휙 돌렸다.

아까 미소 지었을 때보다도 훨씬, 훨씬 더 맑게 웃고 있었다.

이쪽이 바로 진짜 타카와시인가 싶을 만큼.

긴 흑발이 좌르르 흘러서 마치 천상의 존재 같았다.

그리고 천상의 존재는 이렇게 말했다.

"나는 앞으로 나아가려고 하는 지금의 그레 군을 좋아해."

한동안 내 사고가 끊어졌다.

물론 의식은 있었지만, 타카와시의 행동이 현실과 동떨어져 있어서, 적어도 평소의 타카와시와는 동떨어져 있어서, 그래서 꿈 같아서, 타카와시의 말뜻을 확인할 수가 없었다.

"왜 그래? 밤이라도 샜어?"

왜 너는 그렇게 표정이 환한 거야?

그야 아름답다고는 생각하지만, 갑자기 왜 그러냐고.

"아니… 평상시의 너랑 달라서….”

긴장한 것과도 달랐다.

순수하게 나는 동요하고 있었다.

연애 감정 같은 건 빼고 보더라도, 지금의 타카와시는 아름

다웠다.

고귀(高貴)한 수리(鷲)처럼 여유롭다고 할까. 아아, 타카와시(高鷲)라는 건 바로 그런 의미인가.

"뭐, 마음속 오픈의 글자가 신경 쓰인다는 그레 군의 말도 이해해. 하지만 이런 건 이제 와서 아무리 말해도 알 수 없잖아. 이미 그레 군이 본 시간은 과거가 되었으니까."

"그건, 그, 그렇지만…."

마음을 일방적으로 읽어 버린다는 것은 그런 거다.

말로 아무리 설명해도, 타카와시가 그때 느꼈던 감정은 알 수 없다.

나도, 주변의 다른 사람들도, 과거의 감정을 정확히는 알려 줄 수 없다. 오히려 감정을 말로 '번역'한 시점에 그건 다른 것이 된다.

다만 타카와시의 마음속 오픈은 그때의 감정이 이러한 말로 표현되었다는 사실을 동반했다.

그래서 이야기가 복잡해진다.

"정말로 귀찮은 이능력이야. 그래서 나도 넌더리가 나. 하지만 그레 군의 기분도 이해 못 하는 건 아니야. 그러니까…."

타카와시는 자신의 얼굴을 검지로 가리켰다.

"마음을 읽어 보면 되지 않을까?"

"뭐, 뭐어?!"

이상한 목소리가 나왔다. 혹시 진짜 꿈인가?

현실감이 있다고 느꼈을 때부터 꿈이었나?

타카와시가 날 불러냈을 때부터 전부 꿈이었던 거 아닐까?

"놀라는 것도 한 번에 못 놀라? 놀랄 때 정도는 시원하게 좀 놀라 봐."

아, 이 말투는 평상시의 타카와시다.

"그레 군이 크리스마스에 있었던 일을 꺼낸 건, 여전히 그때 본 글자가 너무너무 신경 쓰여서 곤란하단 거잖아."

전적으로 그렇다.

"나도 그것 때문에 그레 군이 아야메이케와 마주하는 걸 방해하게 되는 건 싫어. 내 의지로 방해한다면 문제없지만, 그럴 의도가 없는데 방해하는 건 바라는 바가 아니야."

"자신의 의지로도 방해하지 마."

타카와시가 악의를 가지고서 행동하면 막을 수단이 없다.

하지만 장난스러운 대화를 이어갈 수 있는 상황은 아니었다.

"자, 빨리 해. 지금은 비상사태니까 읽어도 돼. 얼른!"

타카와시는 눈을 찌를 듯한 기세로 검지를 움직였다.

아, 내가 느려서 짜증내고 있다….

"그런 짜증은 숨기지 않는구나. 어떤 의미에서 안심되지만."

"아, 글쎄! 그런 감상은 전혀 필요 없으니까 읽어서 확인하래도! 앞으로 평생 네가 기분 나쁜 망상을 하는 것보다는 나으니까 읽어!"

아, 이 이상 우유부단하게 굴면 한 대 맞을 것 같은 분위기가 됐다.

하지만 내가 조심스러워하는 것도 이해해 줬으면 좋겠다!

나도 거의 믿지는 않지만, 만약, 만약….

마음을 읽었는데 '지금도 좋아해'라고 적혀 있으면 어쩔 거냐고!

답은 '어쩔 것도 없다. 아이카에게 다시 고백할 뿐'이다.

그건 나도 잘 안다. 따로 할 수 있는 일도 없다. 그런 일에 흔들릴 거면 아이카한테 고백하는 것 자체가 실례다.

하지만 마음이 무겁잖아! 마왕을 해치우고 오라며 배웅받고 막 떠난 용사와, 마왕을 쓰러뜨리는 여행 중에 고향이 파괴됐다는 것을 전해 들은 용사는 목적이 다르지 않아도 심경은 전혀 다르잖아!

"알았어! 볼게! 눈 피하지 마!"

"내가 피할 리 없잖아! 나랑 그레 군 중에 누가 더 겁쟁이인지는 불 보듯 뻔하잖아!"

양손을 세게 움켜쥐었다.

엄지의 손톱이 살에 파고들게 하려고 했지만 전혀 아프지 않았다. 애초에 이런 건 졸음을 쫓아내려고 하는 일이라서 상황이 다르지. 어찌 되든 좋다! 아무튼 타카와시와 눈을 맞춰!

약 2m 앞에 있는 타카와시의 눈에 시선을 맞췄다.

말하면서 눈이 마주치는 건 괜찮은데, 가만히 마주 보는 건… 진짜 부끄럽네.

얼굴이 빨개졌을까?

빨개졌을 거다.

타카와시도 입가가 살짝 움찔거리고 있었다.

이런 상황까지 오니 당당히 웃고 있을 수는 없는 듯했다.

타카와시의 얼굴도 평소보다 좀 더 붉은 기가 도는 것 같았다.

그러고 보니 타카와시의 얼굴을 빤히 보는 건 처음이었다. '얼음 공주'라고 불리지만, 딱히 하얗지도 않았다.

오른쪽 눈에 앞머리가 약간 걸려 있었다. 의식한 적 없지만, 저 머리 걸리적거리지 않을까? 하지만 머리를 짧게 자른 타카와시는 타카와시다움을 잃을 것 같다.

3초가 이상하게 길었다.

그냥 긴 게 아니라, 이거 시간이 멈춘 거 아니야?

해 보고 깨달았는데, 의식해서 3초나 눈을 맞추는 건 연인 사이에나 할 수 있는 일이구나. 인간은 그렇게 오래 마주 보지 않는다. 크리스마스 때도 무의식적이었기에 3초나 눈이 마주쳤던 거다.

그런 짓을 하고 있으니 쑥스럽고 부끄러운 게 당연했다.

마침내 타카와시의 머리 위에 전광게시판 같은 것이 나타났다.

"응원하고 있어."

마음속 오픈.

마음의 소리가 길면 말이 옆으로 흘러가기도 하지만, 거기에는 여섯 글자가 표시되어 있을 뿐이었다.

그 여섯 글자를 나는 머릿속으로 반추했다.

응원하고 있어. 응원하고 있어. 응원하고 있어.

"뭐야. 그렇게 곰곰이 확인해야 할 말은 안 적혀 있잖아…? 그렇지…?"

타카와시가 멋쩍은 얼굴로 불만을 토로했다.

아아, 무슨 말이 표시되어 있는지 타카와시한테는 안 보이는구나.

마음의 소리가 어떻게 언어화되었는지 본인도 확실히 모르겠지.

내가 전하지 않으면 타카와시 본인에게는 전혀 전달되지 않는다.

마음속 오픈의 짜증나는 점은 자신의 현재 마음이 어떻게 언어화되었는지 타카와시 본인이 알 수 없다는 것에 있지 않을까.

"'응원하고 있어'라고만 적혀 있어. 그것 말고는 아무 말도 안 적혀 있어."

"그렇겠지. 그 이상도 그 이하도 아니라는 거야. 동맹을 맺었으니까 올바른 반응이잖아."

타카와시도 예상 못한 말이 적혀 있지 않다는 것을 알고 조금 안도한 것 같았다.

"타카와시랑 동맹을 맺길 잘했어."

안 그랬다면 나는 지금쯤 더 비참했을 거다.

움직여서 실패한 적도 많았지만, 그 실패조차 경험하지 못하고, 하물며 성공이라고 할 수 있는 것은 하나도 손에 넣지 못했을 것이다.

"일일이 말하지 않아도 돼. 나도 그러니까."

마음속 오픈이 나타나 있을 때는 숨길 것도 없기 때문인지, 타카와시는 아주 자연스러운 표정을 짓고 있는 것 같았다.

"동맹이란 건 서로가 이득을 보기 위해 맺는 거야. 나도 옛날보다는 행복해."

마음속 오픈의 글자가 바뀌었다.

'가르칠 건 이제 없어.'

그렇겠지.

"응, 정말 고맙다. 이제부터는 나 혼자 하겠어."

"고백하는 데 내가 함께 있을 수도 없으니까."

나름 멋있는 말을 하려고 한 건데, 냉정하게 생각하면 말할 필요도 없는 소리였다.

남은 건 전부 내가 할 일이다.

"아이카한테도 그 '좋아해'는 오해니까 걱정하지 말라고 전할게. 오해를 풀 수 있을지는 나한테 달렸겠지."

오해가 사라지더라도 매혹화 이능력은 계속 남아 있고, 최후에 결정하는 사람은 아이카지만, 얽혀 있는 문제 하나가 사라진다면 좋은 일이다.

인간관계는 참 힘들구나.

나 혼자만의 문제라면 해결된 거나 다름없는데. 드레인도 어떻게든 될 것 같고.

"그 오해라면 풀렸을 거라고 생각하는데."

타카와시치고는 두루뭉술한 말이었다.

"처음부터 그레 군의 문제가 아니라 아야메이케의 문제였던 걸지도 몰라."

타카와시는 한숨을 쉬고서 내 옆을 지나 성큼성큼 문 쪽으로 갔다.

그리고 문 앞에서 등을 돌린 채 멈춰 섰다.

"먼저 갈게. 둘이 같이 교실에 가는 건 이상하잖아."

"어, 응….."

타카와시가 시뮬레이션실에서 사라지고, 마음속 오픈도 사라졌다는 것을 나는 그제야 알아차렸다.

언어화된 감정은 환상처럼 싹 사라져 있었다.

"아이카의 문제인가."

혼자 남은 교실에서 중얼거렸다.

그런 면도 있다고는 생각하지만, 그렇다고 아이카만의 문제인 것도 아니었다. 매혹화 이능력은 아이카 혼자서는 의미가 없으니, 이건 역시 인간관계의 문제다.

인관연 멤버는 다들 인간관계에 방해가 되는 이능력을 가지고 있다.

메이드장이라는 이상한 이웃이 있는 시오노미야도, 긴장하면 투명해지는 아사쿠마도 마찬가지다.

그리고 시오노미야도 아사쿠마도 자신을 바꿔서 틀림없이 성장했다. 넌 뭐 얼마나 잘났다고 그런 소리를 하냐는 말을 들을 것 같은데, 변화를 곁에서 본 것은 사실이니까 용서해 줬으면 한다.

그러니까 다음은 내 차례인 거다.

나도 성장은 했을 터다. 그러니 그 성장을 성공으로 바꿔 주겠다.

아이카가 인정해 줄지 말지는 내 마음가짐만의 문제가 아니라는 게 괴롭지만….

연애는 진짜 어렵구나. 내 노력의 범위를 넘어섰다.

나는 조금이나마 장비를 강화해 둘까.

시뮬레이션실을 나서기 전에, 타카와시가 밖을 봤던 창문으로 다가가 경치를 보았다.

흔한 운동장과 아침 연습 중인 운동부만 눈에 들어왔다.

이런 하찮은 소도구로 어떻게 타카와시는 그렇게 가련하게 행동할 수 있었던 거지….

타카와시

복도로 나와 크게 숨을 들이마셨다.

시뮬레이션실은 공기가 희박했었으니까.

멈춰 서는 건 이상했기에 천천히라도 발을 옮겼다. 솔직한 심정으로는 보건실 침대에 대자로 뻗고 싶었다.

아슬아슬한 싸움이었지만, 이겨 냈다.

'그 '좋아해'는 뭐였던 거야?'

직설적으로 무슨 질문을 하는 거냐고 생각했다.

역시 그레 군은 이상한 데서 너무 성실하다. 사람과의 교류가 부족해서, 성실함을 뭔가 착각하고 있었다.

왜 거기서 그런 걸 묻는 건지. (동창회에 출석하는 내 모습은 전혀 상상이 안 가지만) 5년 후나 10년 후 동창회에서 만난다면 제대로 따져 물어야겠다.

애초에 내가 뭐라고 하면 '그렇구나, 괜찮은 거구나' 하고 안심할 수 있을 거라고 생각한 걸까.

창가에 진 치고 있어서 다행이었다. 창밖을 보며 시간을 번다는 선택지를 고를 수 있었다.

그걸로 어떻게든 마음은 추슬렀지만, 어차피 이런 건 악마의 증명이다. 그레 군의 의심을 완전히 없앨 방법은 없다.

결국 나의 현재 마음을 읽어 보라는 강경 수단을 택할 수밖에 없었다.

이 책임은 나를 궁지로 몬 그레 군에게 있다. 만약 내 마음속 오픈에 '지금도 좋아하는데, 그럼 안 돼?'라고 적혀 있었으면 어쩔 거였냐고.

내가 아이카에게 보인 노력까지 물거품이 될 뻔했잖아.

그레 군은 이해할 수 없겠지만, 마음속 오픈은 0부터 9까지 열 종류의 숫자가 돌아가는 슬롯머신 같은 거다. 심지어 0부터 9가 순서대로 늘어서 있는 것도 아니고 매우 편중되어 있다. 계속 3이 나오는가 하면, 9만 전혀 안 나오기도 한다.

이건 마음속 오픈의 특징이라기보다 인간 심리의 특징이다.

그 순간순간에 어떤 마음인지 확실히 알 수 없을 때가 더 많다. 안다고 생각하더라도 본인의 인식과 다른 사람의 인식이 동떨어져 있을 때도 있다. 무의식이 본인을 속이기도 한다.

지금의 내가 대충 어떤 기분인지, 경향은 알 수 있다.

하지만 어디까지나 경향일 뿐이다.

그래서 마음속 오픈에 무엇이 적혀 있는지, 나도 정확히는 알 수 없다.

'응원하고 있어'라는 글자가 나와서 정말 다행이다.

운 나쁘게 '지금도 좋아하는데, 그럼 안 돼?'라고 나오는 일도 분명 있었을 테니까.

그레 군과 알고 지낸 지도 오래되었고, 분명 '좋아했을' 때도 몇 번 있었다.

그건 틀림없다.

한 번은 '좋아해'라고 적혀 있었으니까.

마음속 오픈의 글자가 틀렸다는 말은 하지 않겠다. 그건 내 마음의 표출이다. 자신의 마음을 속인다면 무엇을 믿으면 좋을지 알 수 없어진다.

하지만 그레 군과 사귀고 싶다고 생각한 적은… 별로 없었던 것 같다.

그레 군에 대한 내 마음은 대부분 동족 혐오와 동류에 대한 연민으로 이루어져 있었다. 그건 연애 감정과는 별개다.

진실은 알 수 없고, 사귀어 보면 의외로 잘 지낼 수 있을지도 모르지만, 그레 군과 아이카가 품고 있는 '좋아하는' 마음과 나의 마음이 다르다는 것은 알 수 있었다.

그래서 나는 동맹자로서 최선의 행동을 했다.

그레 군과 마주 봤을 때는 진짜 긴장했지만.

너무 성실한 태도로 나오는 건 반칙이다. 나도 그에 맞춰야 하니까.

심적으로 지쳐서 교실로 돌아가 멍하니 있었다. 드레인의 영향을 받지도 않았을 텐데 몸이 나른하게 느껴질 정도였다.

평소보다 일찍 일어나기도 해서 졸렸다. 큰일을 해치웠으니까 진짜 좀 자고 싶다.

하지만 잘 수 없었다. 사아야가 내 자리로 왔다.

"왜 그래? 엔쥬. 저혈압이야?"

"그렇게 즐거워하는 얼굴로 묻지 마. 걱정하는 얼굴이 아니잖아."

"하긴 엔쥬는 늘 언짢으니까 저혈압은 관계없나."

이신덴 사아야는 이런 캐릭터니까 어쩔 수 없다. 나보다는 다소 단순하지만, 그래서 합이 맞았다. 비슷한 것이 함께 있어도 서로 맞지 않는다.

"그럴 때는 침대에 누워서 나른하게 슈게이즈 같은 걸 듣거나, 팔을 치켜들고 싶어지는 격렬한 곡을 듣거나, 둘 중 하나야~"

"발상이 충격 요법이잖아. 심지어 곡조가 정반대야."

"뭐, 엔쥬한테 고민이 있다면 들을게. 이번 주 토요일에 신주

164

쿠 근처 돌지 않을래?"

또 중고 CD숍 투어인가. 확실히 옛날 CD라면 MP3 파일을 구입하는 것보다 싸게 먹힌다. 물리적인 장소를 차지한다는 문제는 있지만.

"나쁘진 않네."

나는 그렇게 말하고 스마트폰의 캘린더를 열었다.

할 일은 다했으니까, 내게는 숨돌리는 포상이 필요하다.

"이신데… 사아야, 회전 초밥처럼 디저트가 회전하는 가게가도 돼?"

"오오~ 점점 자주 **이신덴**이 아니라 **사아야**라고 부르는구나 ~ 기특해~ 엔쥬~"

사아야가 뒤에서 끌어안아서 나는 확실하게 뿌리쳤다.

거리감은 참 어렵다.

그레 군도 아이카도 실컷 고민하면 좋겠다.

물리적으로 고립된 나의 고교생활

4 살아가는 데 능숙한 사람에게는 능숙한 사람 나름의 고민이 있단 말이지

3학기 기말고사가 끝난 뒤의 등교일은 거의 덤 같은 거라서 마음이 편하다. 적어도 교과서나 노트를 꼭 가져가야만 하는 날은 없다.

그날도 오전 중에 강당에서 강연을 듣고 나면 끝인 날이었다.

강연회가 재미있었다면 더 좋았겠지만, 이런 건 으레 좋은 얘기만 늘어놓는단 말이지.

졸고 있는 것 같은 학생도 몇 명 있었다. 내 의자는 뒤쪽에 우두커니 고립되어 놓여 있기에 잘 관찰할 수 있었다.

이번에도 이능력 핸디캡을 가졌으면서 활약 중인 사람의 이야기였다.

지극히 평범한 가정에서 태어나, 지극히 평범하게 자라고, 지극히 평범하게 회사원으로 일하는 사람은 강연을 하지 않는다. 이번에 강연한 사람은 가끔 돌풍을 일으키는 이능력자로,

방 안이 엉망이 된다는 모양이었다.

사무실에서 그런 힘이 나타나 서류가 흩어지면 곤란하겠지만, 기탄없이 말하자면 내 쪽이 더 살기 힘들다고 생각했다(정말로 대놓고 발언하면 위험한 녀석이 되기에 실제로 기탄없이 말하지는 않는다. 그냥 말이 그렇다는 거다. 애초에 마음속 감상일 뿐이고, 아무에게도 말하지 않았다).

이 사람 말로는 미리 직접 바람을 꺼내 둘 수도 있는 모양이고. 그렇다면 크게 문제없을 것이다.

그 정도 어려움이라면 이능력자가 아닌 사람 중에도 더 성가신 핸디캡을 짊어지고서 필사적으로 노력하는 경우가 부지기수라고 생각한다.

다만 그 힘도 예전에는 제어하지 못해서 언제 돌풍이 일어날지 알 수 없었다고 하니까, 이 사람도 자신의 이능력을 길들이는 데 성공한 걸지도 모른다.

그 이능력 제어에 관해 자세히 알려 줬으면 좋겠는데 가볍게 넘어갔다.

이능력자가 사회에 나갈 때의 마음가짐보다도 이능력이 말을 듣게 하는 기술 쪽이 훨씬 중요하고 의미 있다고 생각하는데, 그런 강연을 할 수 없는 어른의 사정이 있는 걸까.

고등학생쯤 되면 세상은 정신론만으로 구원받을 수 없다는 것 정도는 안다고.

정신론만으로 드레인의 영향은 없어지지 않았다.

강연회가 끝나자 학생들은 모두 교실로 돌아가게 되었다.

아이카의 모습이 살짝 보였다.

같은 반 여학생의 말에 웃고 있었다.

나도 저렇게 아이카 옆에 있을 수 있다면 좋을 텐데.

뭐, 불가능한 일은 아니다.

나도 드레인을 길들여 주겠다.

방과 후, 나는 강연회가 끝난 강당으로 다시 돌아갔다.

거기에 쭉 놓인 의자 중에서 여분의 의자를 정리해 나갔다.

졸업식용 배치로 의자를 다시 놓는 것이 오늘 할 일이었다.

"그다음 줄 의자까지 옮겨 줘."

작업하고 있으니 감독 역할인 에리아스가 말했다.

"그리고 저쪽 줄보다 뒤에 있는 건 다 필요 없으니까 정리해 줘."

"학생회가 아닌 사람한테까지 편하게 지시하는구나."

앞쪽에서 시오노미야와 아이카가 의자를 다시 배열하고 있는 것이 보였다.

"그야 그렇지. 도와주겠다는 허락은 받았으니까. 인관연이라고 봐주진 않아. 일해, 일해."

완전히 필요할 때만 동원되는 용병이다. 용병은 보수라도 나오지, 학생회의 업무 보조는 무급이라서 일방적으로 손해를 보는 기분이 든다.

조용히 있기도 싫어서 그런 얘기를 했다.

"내년도에 인관연이 훌륭하게 존속하여 동아리비를 받기 위해서는 필요한 일이야. 불평하지 마."

바로 반박당했다. 그야 가만히 들어 줄 리 없겠지.

다만 어찌 되든 좋은 점이 신경 쓰였다.

"넌 벌써 내년도를 생각하고 있는 건가."

"허? 달력 안 봐? 곧 있으면 1학기야."

에리아스는 의아한 표정을 지었다.

"나는 신년도에 해야 할 일이 아주 많으니까."

"그렇지. 학생회라면 그렇겠네."

어찌 되든 좋은 대답을 하면서, 나는 금년도만 생각했다며 반성했다.

드레인 이능력자가 된 이후로 미래가 기대된 적은 한 번도 없었다.

그리고 지금은 끌어안고 있는 개인적인 문제 때문에 3학년이 된 뒤를 생각할 여유가 없었다.

미래를 소박하게 생각할 수 있는 것도 행복일 것이다.

그것조차 불가능한 아싸였다니, 정말로 구원이 없었네…. 나는 참 잘 버텨 냈다.

연단의 양옆에는 연단으로 오르기 위한 계단이 있었다. 그야한 걸음 만에 성큼 올라갈 수 있는 높이라면 연단으로 기능하지 않으니까. 무대의 높이가 한 계단밖에 차이 안 나는 라이브하우스도 있는 모양이지만…. 다이후쿠가 아이돌의 라이브 얘기를 할 때 말한 적이 있다.

아무튼 그 계단의 양옆에 문이 있고, 그 안쪽이 접이식 의자를 수납하는 공간이었다.

나는 그 수납공간으로 갔다. 그 수납공간으로 벌써 몇 번이나 걸어갔는지 이제 기억이 안 난다. 작업이 전체의 몇 퍼센트쯤 끝났는지는 불명이지만, 이런 건 생각 없이 하다 보면 어느새 끝난다.

가는 길에, 반대쪽에서 돌아오는 아이카와 눈이 마주쳤다.

상상이지만, 서로 마음속으로 작게 "아…." 하는 소리를 냈을 거다.

적어도 나는 그랬고, 아이카도 서먹서먹하게 눈을 슬쩍 피했다.

거절하는 것과는 다른 반응이라고 생각하지만, 아직 털어 내지 못했구나….

하지만 아무것도 안 하고 있어서는 안 된다. 조금이라도 플러스 요인이 될 일을 해서 향후에 대비하자….

의자를 넣고 짬이 나서 다이후쿠한테 갔다.

다이후쿠는 접이식 의자를 한 팔에 세 개씩 안고 있었다.

"왜? 나리히라. 작업 중에 모르는 거라도 있어?"

"오늘 같이 하교하지 않을래?"

★

시오노미야와 함께 돌아갈 거라서 안 된다고 하면 어쩔 수 없겠지만, 다이후쿠는 나와 함께 하교하는 것을 간단히 승낙해 줬다.

"시간 뺏어서 미안."

자전거 보관소에서 내 자전거를 꺼내며 다이후쿠에게 말했다.

"괜찮아. 시오노미야도 일이 끝난 타이밍에 다른 여자들이 있으면 그 애들이랑 집에 가고 싶을 것 같았으니까."

그런 걸까. 나는 판단할 수 없다.

하지만 이런 건 틀리더라도 상관없을 것이다. 오차 같은 거다.

다이후쿠는 더 큰 과제를 클리어했다. 그러니까 하루쯤 긴장을 늦춰도 괜찮다.

내가 여자라면 좋지 않았겠지만, 남자끼리 하교하겠다고 해서 문제가 되진 않는다.

자전거의 바구니에 거의 든 게 없는 가벼운 가방을 넣었다.

"그래서 말이지, 궁금한 게 있는데."

"응, 그렇겠지. 대체 뭔데?"

내가 상담하고 싶은 게 있다는 것 정도는 다이후쿠도 잘 알았다.

나도 물어볼 생각이었다.

다만 이 문제를 모르겠으니 가르쳐 달라는 것처럼 구체적인 것을 물어보고 싶은 건 아니었다.

그래서 어디서부터 말을 꺼내야 할지 설정하는 게 어려웠다.

자전거를 밀며 말을 생각했다.

"그게 있지…."

"응."

다이후쿠는 가볍게 맞장구치고서 느긋하게 뒷말을 기다렸다. 좋은 경청자이기에 재촉하는 일이 없었다.

나는 내 자전거의 바퀴가 회전하는 것을 보며 첫 질문을 꺼내려고 했다.

아래를 보고 있었더니 시야에 까만 것이 들어왔다.

다이후쿠를 잘 따르는 까마귀였다. '형, 나도 같이 갈래'라는 태도로 다이후쿠 옆에 섰다. 뭐, 수컷인지 암컷인지는 모르겠지만. 그리고 엄밀히 말하자면 나와 다이후쿠 사이의 다이후쿠 옆이었다. 드레인 범위에 까마귀가 들어가지 않도록 나는 다시 살짝 거리를 뒀다.

까마귀는 어찌 되든 좋다. 뭘 어떻게 물어볼까…. 대략적인 방향성은 정해져 있었다. 하지만 아무래도 사적인 부분에 파고드는 일이라서 묻는 방식은 생각하게 됐다.

큰일이다. 자전거의 끽끽 소리가 신경 쓰이기 시작했다. 자전거만 보고 있는 탓이다.

그냥 뭐든 물어보자. 계속 입 다물고 있는 것보다는 낫다.

"…여자 친구가 있는 생활은 어때?"

사생활을 향해 돌직구를 던지는 형태가 됐네. 상당히 형편없는 질문이라고 생각한다. 다이후쿠가 아니었다면 이런 질문은 못 했다.

"그렇게 나왔나~"

다이후쿠는 길게 말을 늘이며 뒷말을 생각했다.

까마귀가 꽤 크게 폴짝폴짝 점프하며 따라왔다.

"솔직히 말하자면, 제일 즐거웠던 건 고백하려고 구상할 때였을지도 몰라."

다이후쿠는 느긋한 목소리로 그렇게 대답했다.

"그거, 시오노미야 앞에서는 절대 할 수 없는 발언이네…."

즉, 사귀고 있는 지금보다 사귀기 전이 더 즐거웠다는 의미니까.

어떻게 해석하느냐에 따라서는 연인을 부정하는 의미로도 받아들일 수 있다.

"어쩔 수 없어. 여자 친구랑 같이 있는 게 당연해지면 그걸 행복하다고 여길 수 없게 되니까. …없다고 하는 건 말이 너무 과한가. 행복하다는 생각은 들지만, 처음만큼 임팩트가 있진 않아."

"이해해. 이해하니까 괜찮아."

이런 말은 일부분만 잘라 내면 간단히 실언이 된다.

그야 사귄 첫날의 심리 상태가 계속되면 좋겠지만, 그건 누구도 못 할 거다. 인간은 행복에도 익숙해진다.

"지금의 나는 시오노미야가 즐거워하려면 어떻게 해야 할지 생각하고 있을 뿐이야."

"결국 커플 자랑이잖아."

이런 대답은 생각하지 않아도 바로 나온다.

뭐야, '나는 여자 친구를 제일로 생각하고 있습니다'라는 걸 에둘러서 말한 거잖아.

"하지만 싸운 얘기를 하면 너도 곤란하잖아?"

"곤란해."

내가 위로하게 되는 전개는 가장 안 좋다. 접이식 의자를 옮기는 것처럼 일손이 있으면 확실하게 도움이 되는 일만 도울 수 있다. 여자랑 사귀어 본 적이 없는 녀석에게 그런 두뇌 노동은 무리다.

하지만 뭐든 물어봐도 괜찮은 분위기가 된 것은 확실했다.

분위기를 푸는 데는 성공했다. 풀어 준 사람은 다이후쿠일지도 모르지만, 어느 쪽이든 상관없다.

"있잖아."

나는 이럴 때 '있잖아'로 말을 시작하는 버릇이 있는 것 같다.

"시오노미야랑 싸우거나 사이가 어색해진 적 있어? 아, 문제를 듣고 싶은 게 아니라, 타개한 부분을 듣고 싶은 거야."

말하고 나서 바로 덧붙였다. 아무래도 오해를 부르기 쉬웠다. 나는 딱히 예능 리포터를 흉내 내고 싶은 게 아니다.

한동안 다이후쿠는 대답하지 않았다.

나는 다이후쿠의 반응이 있을 때까지 까마귀를 눈으로 좇았다.

경우에 따라서는 이 까마귀의 연애 사정을 다이후쿠한테 들어도 좋을 것 같다. 하지만 까막스피크는 까마귀와 의사소통할 수 있을 뿐이니까, 까마귀에게 연애라는 개념이 없다면 무의미한가.

이런 질문을 한 것은 아이카와 관계를 수복할 힌트가 될지도 모른다고 생각했기 때문이다.

다이후쿠에게 들은 것을 그대로 실행할 마음은 없고, 경우가 다르면 적용할 수 없겠지만, 아무것도 안 하고서 기다리기만 하는 감각이 싫었다.

플러스 요인이 될 일을 하고 있다는 마음으로 있지 않으면 심리적으로 힘들었다.

"그러네."

잠시 후, 다이후쿠가 입을 열었다.

사적인 영역에 파고드는 질문을 했다고 생각했기에 나도 다이후쿠의 얼굴을 보았다.

"시오노미야와 싸운 적도 없고 사이가 어색해진 적도 없어서 모르겠어."

"응, 그야 그렇겠지…."

나는 힘이 쭉 빠져서 대답했다.

그럴 것 같긴 했었다.

"사귄 지 얼마 안 됐으니까. 그리고 시오노미야는 싸우는 타입도 아니고."

"응. 알아. 알아."

이 '알아'에는 '아니까 더 얘기 안 해도 돼'라는 의미가 담겨 있어서, 내 쪽에서 같이 하교하자고 하고, 질문을 던져 놓고, 너무 제멋대로라고 생각했다.

그런 자각은 있지만, 그런 의미는 들어가 버렸다.

연애라는 건 개인마다 제각각이라 다이후쿠와 시오노미야의 이야기를 들어도 그대로 쓸 수는 없었다.

"우리가 사귄다고 해서 잘난 척하는 거라고 생각하지 않았으면 좋겠는데."

다이후쿠가 말하기 전에 일일이 예방선을 폈다.

"그런 거 신경 안 쓰니까 괜찮아. 너는 우위를 과시하는 녀석이 아니기도 하고."

그래도 다이후쿠는 다소 간격을 두고서 이렇게 말했다.

"나리히라의 연애는 나리히라가 어떻게든 할 수밖에 없어."

"알고 있어."

또 '아니까 더 얘기 안 해도 돼'라는 의미가 되었다. 그냥 다른 맞장구를 치는 게 낫겠다.

너의 일은 네가 할 수밖에 없다는 말이었다.

"하지만 그래서 실패하더라도 절대 나리히라 탓이 아니야."

"어?"

예상치 못한 다이후쿠의 말이 이어져서 반응이 이상해졌다.

"왜냐하면 나리히라는 잘하고 있으니까. 나도 이건 아니라고 느낀다면 말할 거야. 그 정도 협력은 나리히라한테 받았으니까."

"너는 그렇게 인식하고 있을지도 모르지만, 시오노미야와 사귈 수 있었던 건 전부 네가 노력한 결과잖아."

"응."

다이후쿠는 간단히 즉답했다. 거기서 발을 싹 빼는 거냐. 그건 생각 못 했어.

"그러니까, 지금 나리히라가 하고 있는 일도 좋은 결과를 내기 위한 노력이잖아. 이만큼 했으니 이제 신만이 아는 영역이야."

다이후쿠는 살짝 의기양양한 얼굴을 하고 있는 것 같았다.

평소보다는 눈이 뜨여 있었다.

아아, 내게 성원을 보내고 있는 거구나.

"지금의 나리히라한테 결정적으로 부족한 건 없어. 신경 쓰지 않아도 돼. 너는 네가 생각하는 것보다 훨씬 멀쩡한 고등학생이야."

내가 멀쩡할 리 없잖아, 라고 생각했지만, 부정하면 자학하는 것 같으니까 그만뒀다.

그리고 멀쩡하든 안 멀쩡하든 상관없었다.

까마귀가 갑자기 날개를 퍼덕여 날아갔다.

마지막에만 "까악~ 까악~" 하고 운 것은 인사한 걸까.

"이 정도면 괜찮겠다고 말했어."

"그렇구나."

다이후쿠가 말한다면 분명 그런 거겠지.

내가 졸업하는 것도 아닌데 졸업식 일정을 신경 써야 하는 것도 참 싫다.

인관연에게도 일하는 날이니까 어쩔 수 없었다. 이런저런 잡일을 해야 했다.

할로윈 때처럼 공연을 하는 게 작업량은 훨씬 귀찮지만, 졸업식은 인생의 중요한 이정표라서 그런대로 책임도 무겁다.

마음이 무거워지는 건 졸업식 때문만은 아니겠지만.

아침에 일어나서 먼저 탁상 달력을 체크했다.

나흘 후인가, 하고 머릿속으로 카운트했다.

말할 것도 없이, 일주일 후면 전부 끝나는 거다.

오늘은 등교하지 않아도 되는 날이지만, 등교일만 따지면 더 적다.

이 시기는 되게 어중간하다. 게임에 빠질 만큼 공백 기간이 길지도 않고.

아이카가 받아 주지 않았던 초콜릿 상자는 이제 없었다.

다이후쿠와 함께 하교한 날 밤에 상자를 열었다. 하나하나가 가치 있는 보석이라는 것처럼 시크한 갈색 플라스틱의 움푹 들어간 곳에 진좌해 있었다.

질보다 양을 의식하는 나는 더 많이 넣어 줬으면 좋겠다고 생각했다.

예상대로 초콜릿 안에는 쓴 시럽 같은 게 들어 있어서 개인적으로는 별로 기호에 맞지 않는 맛이었다.

왜 그날 초콜릿을 이 세상에서 없애기로 했는지, 확실히 말해서 명확한 이유는 없다. 그러므로 만약 국어 시험에 '어째서 이날 나리히라는 초콜릿을 먹기로 했는가?'라는 문제가 나와도 정답은 없다.

그저 더는 이 녀석을 시야에 담지 않아도 되겠다고 생각했다.

마지막 하나는 딱 봐도 까매서 씁쓸해 보이는 녀석을 남겼다.

그걸 입에 넣고 나는 이렇게 중얼거렸다.

"와신상담."

언젠가 달콤한 맛도 보겠다는 결의가 담긴 한마디였다.

저번에 타카와시가 준 다크 초콜릿에 이 말을 했다가 반감을 샀었지.

그런고로 내 방에 눌러앉아 있던 초콜릿은 결의와 함께 깨끗하게 사라졌다.

다만 절대 버릴 수 없고 먹는 것도 물리적으로 불가능한 게 아직 책상에 놓여 있었다.

레서판다 인형이 들어 있는 종이 포장이었다.

동물원에서 아이카가 사고, 역 앞에서 뛰어갈 때 주머니에서 떨어진 거였다.

떨어뜨린 사람이 확실해서 버릴 수 없었다.

떨어뜨린 사람이 확실하니까 주인에게 주면 되겠지만… 타이밍상 건네주기가 아주 힘들었다.

이건 단순한 분실물이 아니었다. 필연적으로 동물원 데이트를 상기시킨다.

단적으로 말하면, 비난하는 것처럼 된다….

그 결과, 이 레서판다는 원주인의 집으로 돌아가지 못하고 계속 내 방에서 보호받게 된 것이다. 아니, 이 녀석이 아이카의 집에 들어간 적은 한 번도 없으니 돌아가는 것도 아니네. 터무니없이 가정 사정이 복잡한 아이 같다.

넌 반드시 돌려보내 줄게. 조금만 더 참아 줘. 하늘에 맹세코 쓰레기통에 버리진 않을 테니 걱정하지 마.

실제로 말하진 않았으나, 나는 꽤 진심으로 그렇게 생각했다.

초콜릿이라면 무섭지 않지만, 동물 형태를 한 것이라서, 함부로 다루면 원령이 복수할 위험성이 만에 하나쯤은 있을 것 같기 때문이다.

포장을 뜯은 적이 없어서 이 녀석도 진짜 레서판다인지 아닌지 알 수 없지만.

레서판다의 환경만을 고려한다면 개봉해야겠지만, 한 번 뜯은 흔적이 있는 걸 아이카에게 주는 건 좋지 않을 것 같아서 그 상태 그대로 있었다. 눈이 내리는 중에 땅에 떨어졌지만, 포장은 거의 더러워지지 않은 채 조용히 개봉되기를 기다리고 있었다.

내게는 저주보다도 아이카가 어떻게 생각할지가 더 중요한 모양이다. 어쨌든 저주받을 위험은 만에 하나밖에 안 되니까.

옷을 갈아입는 동안 레서판다(가 들어 있을 터인 종이 포장)에 눈이 갔다.

신경 쓰이긴 했다. 초콜릿이 사라졌어도 이 녀석이 있는 한, 나는 남은 일이 있다는 것을 잊을 수 없다. 잊지 않도록 해 준다고 말할 수도 있지만, 짜증나기도 했다.

앞으로 며칠만 더 기다려 줘.

울든 웃든 그날은 오니까.

그때 너를 주인에게 넘겨줄게.

남고생의 투박한 방에서 여자의 화사한 방으로 이사하게 해 줄게.

만약 아이카가 받지 않겠다고 거부하면… 이 방에서 사이좋게 살자. 이름도 지어 줄게.

아침 먹고 나서 수험 공부하는 흉내라도 낼까.

옷을 갈아입으며 그런 생각을 했다.

아직 아슬아슬하게 2학년이긴 하지만, 이제 수험을 머릿속에서 몰아내기도 어려웠다. 공부를 위해 손을 움직이고 있지 않으면 불안한 기분이 들었다.

하든 안 하든 큰 차이는 없는 일이어도, 나중에 아무것도 안 했다는 후회의 씨앗이 되는 게 무서운 거다.

아니면 이런 걸 구두쇠 근성이라고 하는 걸까. 낭비를 즐기는 마음의 여유는 여전히 없다.

아니, 오랫동안 아무것도 안 하는 시간을 보냈던 옛날보다는 훨씬 낫나.

숙성 기간이 필요한 것도 미리 준비해 두지 않으면 아무 일도 안 일어난다. 나는 준비하고 있을 뿐이다.

타카와시와 만나기 전의 나는 아무것도 안 했었다. 시간을 전부 시궁창에 버리고 있었다.

그게 무서워서 간절히 움직이고 싶어 하는 거다.

애처로운 과거지만, 예전보다는 그 과거를 돌아보는 기회가 늘어난 것 같다. 이것도 성장했다는 증거일까.

작년의 나는 애처로운 과거가 현재와 이어져 있다는 감각밖에 없어서 제대로 돌아보지도 못했다. 그런 심경이 되지 못했다.

옷을 다 갈아입은 타이밍에 맞춰 스마트폰이 진동했다.

시선이 레서판다에서 스마트폰으로 이동했다.

누군가가 메시지를 보냈구나 싶었는데 선배였다.

내 안에서 선배라는 단어는 묘조 마호라는 인물을 가리키는 고유 명사다.

오늘은 4월 중순 같은 날씨라고 뉴스에서 그랬기에 목도리는 안 하고 집을 나섰다. 하지만 장갑은 필수였다. 자전거를 타고 역까지 나가는지라 아무래도 손끝이 시리다.

장갑은 아이카와 데이트하기 전에 산 비싼 게 아니라 100엔 숍에서 산 거였다. 비싼 장갑은 자전거를 잡는 데 적합하지 않다.

역 앞에 자전거를 세우고, 선배가 말한 카페로 갔다.

그러고 보니 역 앞에 나오는 것도 오랜만인 것 같다. 자전거로 통학하다 보면 일상적으로 전철을 이용하진 않아서, 역 앞에도 들르자고 마음먹지 않으면 안 들르게 된다.

역빌딩을 겸하고 있는 백화점의 큰 유리창에 봄옷이 벚꽃 그림을 배경으로 전시되어 있었다.

얼마 전까지 1년 중 가장 추운 계절이었는데 어느새 끝나 버린 것처럼 취급하고 있었다.

카페의 자리는 60%쯤 채워져 있었다. 드레인을 생각하면 사람은 더 적은 편이 안심되지만, 가게 자체가 넓으니 어떻게든 될 거다. 23구 번화가의 옹기종기 모여 있는 카페보다는 훨씬 넉넉했다.

이 카페, 아이카랑 타카와시와 함께 온 적도 있었지. 그게 여름이었던가. 의외로 그렇게 오래되지도 않았다.

선배는 카페의 가장 안쪽 테이블에서 스마트폰을 조작하고 있었다.

날 알아차리지 못한 것 같고, 놀라게 할 수 있는 상황이었지만, 괜한 짓은 하지 않는다. 괜한 짓을 해도 용서받는 캐릭터와 그렇지 않은 캐릭터가 있다. 나는 용서받지 못하는 쪽이다.

　선배라면 뭐든 용서할 것 같지만, 내가 뭔가 해도 그게 웃음으로 이어지지 않으니까 안 되는 거다. 플러스 효과가 없다.

　테이블에는 투명한 비닐봉지가 올려져 있었다.

　안에는 노란색과 분홍색의 작은 꽃이 여러 개 들어 있었다. 강둑에라도 들러서 따 온 걸까. 적어도 돈 받고 파는 꽃은 아니었다. 훨씬 더 소박했다.

　화장실에 갈 때는 저게 자리 있다는 표시가 되려나. 미묘하지만, 꽃이 안에 들었으니까 괜찮을 거다. 그리고 꺼림칙해서 점원도 건드리기 싫어하겠지.

　어깨를 두드리는 세련된 짓을 할 용기도 없었기에, 나는 순순히 반대쪽으로 돌아들었다.

　그 앞에는 이제 벽밖에 없었다. 타카와시라면 그야말로 구석에 처박힌 생쥐 같은 배치라고 말할 거다.

　드레인의 영향이 가장 적은 장소를 선배가 골라 준 것이다.

　"안녕하세요, 선배."

　말을 걸자 선배는 고개를 번쩍 들었다.

　"응, 안녕, 젊은이."

　"나이 차가 거의 안 나는 경우에 쓰는 표현은 아니잖아요."

"하하하. 대학생은 노인 같은 거야. 연금을 받아도 될 정도야."

"그럼 노동은 언제 하는데."

반말로 태클을 걸어도 용납될 거다.

"선배, 졸려 보이네요."

밤새고 첫차를 기다리는 사람 같은 분위기가 있었다. 아침인데 이미 지쳐 있었다.

"졸려. 게다가 심심해서 아무나 부르자 싶었지."

그렇게 내가 낙점된 건가.

남자 친구 없어요? 하고 장난스럽게 물으려다가 그만뒀다.

그건 자동으로 세 배의 위력이 되어 나한테 돌아온다.

이런 부분에서의 자제심은 나도 모르는 사이에 생긴 것 같다. 아마 누군가와 이야기하는 시간이 대폭으로 늘어난 탓에 학습한 거겠지. 외톨이는 사람과 이야기할 기회가 거의 없는 인간을 말하는 거다.

"실제로 한가하긴 하지만, 최후의 고교 생활인데 더 의미 있게 쓰는 게 낫지 않아요? 조금 전에 대학생이라고 했지만, 아직 선배는 고등학생이에요."

나는 대답하며 아이스티용 우유를 넣었다.

"안 돼. 다들 순수하게 들떠 있는걸. 나처럼 닳고 닳은 사람은 그런 분위기가 힘들어."

"그러고 보니 선배는 유쾌하긴 한데 인싸랑은 다르죠."

직접 말할 말은 아니지만, 이 사람은 연예인이 억지로 즐겁게 행동하는 것 같은 구석이 있다.

적어도 자연스럽게 나오는 행동은 아니다. 타고난 인싸는 아싸 경험이 긴 나와 이렇게 보조를 맞추지 못할 것이다.

내 착각이 아니라면, 나와 선배는 대화가 성립하고 있다.

"응, 그래, 맞아. 얘기한 적 있나? 나도 옛날에는 아주 어두운 인간이었어~ 하루에 다섯 번은 이 세상이 멸망하면 좋겠다고 생각했어."

"그건 너무 많은데요."

선배의 커피는 거의 비어 있었다. 커피를 마셨는데도 이렇게나 졸려 보이는 건가.

"으음~ 너라면 이해해 줄 거라고 생각했는데, 동의해 주는 느낌도 아니구냥."

의도적으로 '냥'이라고 말하고서 선배는 쓴웃음을 지었다.

뭔가 평소보다 더 이상한데.

아아, 나를 놀릴 때는 많았지만, 오늘은 오히려 자신을 놀림거리로 삼고 있구나.

이 사람, 혹시 술이라도 마셨나? 취한 사람이 술주정하는 것과 비슷했다. 뭔가 세태에 익숙한 구석이 있으니까, 대학생이고 스무 살이 넘었다고 주장하면, 가게에 따라서는 알코올이 제공될 것 같긴 하다.

시선은 최대한 테이블 쪽에 뒀다.

너무 빤히 보면 내 기분도 산만해진다.

"선배, 오늘 이 모습은 이것대로 귀찮네요."

"너도 할 말은 하게 됐구나. 의외로 넌 S일지도 몰라."

"졸업 직전에 안 좋은 일이라도 있었어요? 선배는 적도 많을 것 같고. 정확히는 직접 적을 만들러 가는 구석이 있죠."

"없어. 평소랑 똑같아요."

일단 믿기로 할까. 어물쩍 넘어가는 일은 있어도 확실하게 거짓말하지는 않는 타입이라고 생각한다.

선배가 평소 같지 않은 이유는 과거의 사례를 생각하니 바로 알 수 있었다.

"아아, 선배. 고교 생활이 끝나는 게 아쉬운 거군요. 추운데도 참고 교복을 입었을 때와 비슷한 심경인 거죠?"

선배는 테이블에 팔을 올리고 거기에 머리를 얹었다.

수업 중에 자는 녀석이 취하는 자세지만, 아직 깨어 있었다. 무엇보다 자는 사람은 발산하지 않는 생기 같은 것이 선배한테서 나오고 있었다.

"고교 생활이 아쉽다기보다는 다가올 대학 생활이 그럭저럭 불안한 거야."

지금까지 들었던 것 중에서 가장 졸린 듯한 목소리로 선배는 말했다.

졸린 듯한 목소리이긴 했지만, 그건 명확하게 선배가 드러낸 약한 면이었다.

이 사람이 불안하다는 단어를 쓰는 게 의외였다.

얼굴은 보이지 않지만, 분명 웃고 있진 않을 것이다.

선배는 비닐봉지를 오른손으로 팡팡 두드렸다.

의욕 없는 마네키네코의 손처럼. 비닐봉지의 모양이 흐물흐물 변했다.

"보나 마나 잘 지낼 거라고 생각하긴 해. 나는, 그 왜, 그런 거 잘하니까. 그렇게 줄곧 잘 처신하며 살다가, 죽을 때가 되어서 '뭔가 잘 처신하며 살았다'라고 생각할 것 같아서 무섭단 말이지~"

목소리는 가볍지만, 선배는 진심으로 무서워하고 있었다.

아아, 그저 기쁘기만 할 리가 없다.

아직 나는 실감이 안 나지만 내년에는 내게 일어날 일이다.

환경이 바뀌는 거니까, 싫다고, 무섭다고 생각하는 건 당연하다.

"그렇다고 대학에 안 간다거나 일하지 않겠다고 말할 각오도 없고~ 장래에는 프리랜서로 일하는 게 좋으려나~"

나는 조용히 있었다.

무책임한 의견은 말할 수 없었다.

어른도 가볍게 대답하진 못할 거다.

자신이 성공하든 실패하든, 다른 사람도 그렇게 될지는 알수 없다.

가만히 선배의 푸념을 듣고 있으면 되겠지.

그게 내가 할 일이다.

"너는 너무 변하지 마."

선배의 목소리는 엎드려 있는 탓에 약간 불분명했다.

"평범한 사람처럼 굴 수 있게 되더라도 너의 뿌리는 바뀌지 않아. 조심하지 않으면 너무 잘 처신해서 그저 처신만 잘하는 인생이 될 거야."

"30대나 40대가 할 법한 말이네요."

마침내 나는 대답했다.

"그치~ 내 인생이 그렇게 된 것 같아서 벌써부터 무서워. 솔직히 말하면 고등학교 졸업하기 싫어. 모처럼 쌓아 올린 것도 초기화되고."

선배는 무기력하게 말했지만, 분명 실제로는 울 것 같은 기분일 거다.

하지만 이런 데서 울면 이상하니까 무기력하게 말하는 거다.

문득, 이제껏 한 번도 생각한 적 없는 상상이 머릿속을 스쳤다.

만약 중학생 때 드레인을 극복했다면….

나는 선배처럼 되지 않았을까.

드레인이라는 족쇄가 없었다면 외톨이로 고통받을 일도 없었을 테니 그건 좋은 일이다. 하지만 그랬다면 아마 타카와시와 만날 일도 없었을 것이다.

아이카와는… 만났을지도 모르지만, 지금 같은 사이가 되진 않았겠지.

선배가 나를 유독 신경 써 준 이유를 알 것 같았다.

선배는 내게서 예전의 자신을 본 것이다.

아니면 이능력을 제어하지 못했을 경우의 자기 자신을 본 걸지도 모른다.

선배의 이능력 '최량 자기 재량 일인극'은 제어하지 못하면 다른 사람에게 전혀 인식되지 못하거나 반대로 엄청나게 주목을 모으게 될 터다. 아사쿠마의 이능력을 몇 단계 더 다루기 어렵게 만든 것과 같다.

이능력을 아직 자기 재량으로 쓰지 못했을 때, 선배는 분명 지옥을 봤을 거다.

선배가 고개를 살짝만 들고 나를 올려다보았다.

어두운 곳에서 이쪽을 관찰하는 동물 같았다.

"쓸데없는 참견일지도 모르지만, 고교 생활은 한 번뿐이니까, 마지막 1년은 좋아하는 사람과 보내는 게 좋아."

"저도 그럴 작정이에요."

잘 풀릴 근거도 없는데 나는 그렇게 대답했다.

아이카와 보내고 싶다.

사귀게 되더라도 어차피 또 새로운 문제가 생겨서 힘들어지겠지만, 그래도 아이카와 보내고 싶다.

이렇게나 나 자신이 아닌 누군가를 진심으로 생각하는 것은 난생처음이었다.

"말 잘했어, 젊은이."

선배는 겨우 고개를 들었다.

조금 전과 마찬가지로 뾰로통해 보이는 얼굴이었다. 이 사람은 학생회장이었을 때 이런 얼굴을 누구에게도 보여 주지 않았을 거라는 생각이 들었다.

"선배, 피곤한가 봐요."

"피곤하긴 해. 하지만 하구레 군이 앉고 나서 피로가 늘어난 건 아니니까 걱정하지 마."

선배는 마침내 씩 웃으며 단언했다.

그 표정을 보면 정신적으로 몰려 있는 수준은 아닌 것 같았다. 드레인의 영향을 정통으로 받은 것 같지도 않고.

조금 안도했다.

작은 테이블에 기대고 있는 선배는 당연히 1m 이내에 있었다. 예전 같았으면 아마 드레인의 범위 내였다. 선배는 줄곧 드레인의 영향을 받는 쪽에 있었다.

"그래서, 이쪽은 어떻게 됐어?"

선배는 비닐봉지를 집어 들었다.

안에 든 노란색과 분홍색 꽃을 검사하듯 바라보았다.

꽃의 색은 완전히 칙칙해져 있었다. 노란색 꽃은 세피아 색으로 바뀐 것 같았고, 분홍색 꽃은 물 먹은 잡지처럼 흐물흐물해져 있었다.

"대성공이네!"

선배는 상체를 숙이며 팔을 뻗어 내 어깨를 퍽퍽 때렸다. 제법 아팠다.

"드레인을 확실하게 특정 지점에 노릴 수 있게 됐잖아! 사람이 많은 곳에 가면 민폐가 된다는 생각은 이제 안 해도 되겠어!"

"칭찬해 주시는 건 고맙지만, 그건 비약이에요! 제 집중력이 몇 분이나 유지될지 모르니까요!"

하지만 선배는 한 번 더 때렸다.

꽤 아프다고요.

"하지만 내 얘기를 계속 듣고 있었잖아. 건성으로 들었던 것도 아니잖아. 그런데도 드레인을 제대로 지배했어. 잘하고 있어!"

실력이 늘고 있는 건 확실하다고 생각한다. 아무것도 모르는 사람이 근처로 다가오더라도, 드레인이 있어서 위험하니까 떨어지라고 일일이 설명할 필요는 없을 것이다.

그렇다고 모든 문제가 사라진 것이 되지는 않았다.

그냥 밝은 얘깃거리 정도로 받아들이면 된다.

그보다도 신경 쓰이는 게 있었다.

"선배, 아까 한 얘기는 어디까지 사실인 거예요? 혹시 동요해서 드레인을 제어하지 못하게 되는지 실험했던 건가요?"

웬일로 진지하게 얘기해서 나도 완전히 감상적으로 변했었지만, 감쪽같이 속아 넘어간 것 아닐까.

선배는 대놓고 천연덕스러운 표정을 지었다.

"내가 뭔 얘길 했지?"

"그건 역시 안 통해!"

어제 술을 너무 많이 마신 국면에서나 용납되는 방법이라고. 설령 취했더라도 직후에 확인하고 있으니까 기억날 거 아니야.

"그건 뭐, 그냥저냥 그냥 그런 거지."

"말에 의미가 없잖아!"

선배는 오른손 검지를 뺨에 대고서 신중하게 물었다.

"'최량 자기 재량 일인극'으로 몸을 숨겨도 돼?"

"절대 안 돼요."

그야 선배의 이능력이라면 얼마든지 이 자리에서 이탈할 수 있겠지만, 역시 그런 건 좋지 않다고 생각한다.

어쩔 수 없이 나도 치사한 작전을 쓰기로 했다.

"선배, 저는 진지하게 들었어요. 최소한 거짓말인지 사실인지는 가르쳐 줘야죠. 안 그러면 선배를 전혀 못 믿게 될 거예요. 그래도 괜찮겠어요?"

"뭐, 그렇지! 못 믿게 될 만한 짓을 했으니까! 경멸할 거면 해도 돼."

선배는 팔짱을 끼고서 말했다.

"결국 뻔뻔하게 나오는 거냐!"

나 같은 게 선배를 추궁하는 건 불가능한 얘기였나 보다.

다만 이렇게까지 말을 안 하는 걸 보면 거의 정답에 근접한 게 아닐까, 하고 멋대로 해석하기로 했다.

"무책임한 말인데, 선배는 장래에 독립해서 디자이너 같은 일을 할 것 같아요. 딱딱한 회사에서는 일하지 않을 것 같아요."

칭찬으로 안 들릴지도 모르지만, 나는 칭찬으로 한 말이었다. 그리고 '딱딱한 회사에서 근무할 것 같네요'라는 말은 칭찬이 아니니까, 그 반대가 칭찬이 아니라면 이상하다.

"디자이너인가. 개인으로 활동하더라도 좀 더 수상쩍은 직업이 좋겠어. 그게 더 잘 어울릴 것 같아."

의외로 선배는 진지하게 말하고서 이렇게 덧붙였다.

"예를 들자면 업계 그림자 브로커 같은 거."

"최소한 직업명을 대."

이 사람이 이능력을 범죄 수준으로 악용하지 않게 해 주세요. 장래에 체포당했다는 뉴스를 듣는 건 싫다.

돌아갈 때, 비닐봉지에 담긴 시든 꽃을 건네받았다.

작별 선물이라고 했지만, 분명 버리기 귀찮아서 줬을 거다.

하지만 이 꽃이 꺾인 것도 내 드레인 때문이라고 할 수 있으니까, 공원에 들러서 오른발로 구멍을 파고 묻었다. 최소한 이 흙의 영양분이 되렴.

한 손으로 합장하는 시늉을 했다.

다음에 선배와 만나는 건 졸업식이겠네.

큰 이벤트를 하루에 여러 개 소화하는 건 힘들지만, 오늘 중으로 나도 한 가지 매듭을 짓기로 할까.

졸업식은 그냥 돕는 역할이지만, 나도 어중간한 상태로 졸업할 마음은 없다.

근데 꽃을 공양하고 나니까 손이 허전해졌다.

급하게 자전거 타고 역 앞에 나와서 짐도 없었다. 그 탓도 있을 거다. 너무 몸이 홀가분하면 약간 불안해진다.

하지만 그게 전부는 아니었다.

다행히 역에서 그렇게 멀지 않았다. 뭘 살 거면 금방 돌아갈 수 있었다.

나는 자전거를 타고, 차가 안 오는 것을 확인하고서 유턴했다.

다시 한번 역 앞으로 갔다.

졸업식까지 얼마 안 남았고, 보충해 두고 싶은 게 있었다.

"트라우마는 불식해야지."

실패한다면 또 직접 먹어 버리면 된다.

물리적으로 고립된 나의 고교생활

5 전환점이 되는 타이밍에 새로 시작하고 싶은 것이 생긴단 말이지

춥다고 느끼는 날이 줄어듦에 따라 대기도 불안정해지는지, 비 오는 날도 늘어나는 것 같다.

그러고 보니 한겨울은 하늘이 우중충한 이미지가 있지만 비가 오는 날은 별로 없다. 우산을 쓴 기억도 적다. 만약 한겨울에 강수량이 많았다면 도쿄도 좀 더 눈이 내리는 날이 많았을 거다.

졸업식 전날도 약한 비가 온종일 내려서 불길했지만, 당일에는 비가 그쳤다.

졸업식 자체는 강당에서 해도, 문 앞에서 기념사진을 찍으니까 말이지. 내 일이 아니더라도 순수하게 다행이란 생각이 들었다.

다른 사람의 행복을 축복하면 자신에게도 복이 올 것 같아서 그런 면도 있었다. 저쪽에 행복한 녀석이 있으니까 내가 그만큼 불행해지는 그런 제로섬 게임은 아닐 거다.

나는 주역들이 오기 전에 등교하여, 인관연과 학생회 멤버들과 함께 에리아스에게 식순을 듣고 있었다.

어느 타이밍에 곡을 트는지 등 그렇게 많은 인원이 필요하지 않은 일인 것 같다고 생각하며 듣고 있으니 아니나 다를까 타카와시가 투덜거렸다.

"이거, 다 같이 정보를 공유할 필요가 있어? 담당자만 체크하면 되잖아."

"다 같이 파악하고 있는 게 안전하잖아. 졸업식은 실패하면 안 되는 행사의 필두니까 괜찮잖아!"

"오히려 사람을 모아서 얘기하면 누군가는 알 테니 괜찮을 거라는 방심을 낳아. 나는 그쪽의 위험성이 신경 쓰이는데."

타카와시는 아군일 때는 무척 든든하다.

다만 적에게 원한도 사므로 극약 같은 아군이라고 생각한다. 어차피 적이니까 어떻게 생각하든 상관없다고 각오하고서 복용해야 한다.

나는 아이카와도 간단히 담당할 일을 확인할 수 있었다.

곁에 아이카가 있어서 어쩌다 보니 얘기할 계기가 생겼다. 이런 '어쩌다 보니'를 소중히 여겨 나가고 싶다.

"네! 괜찮아요!"

아이카는 엄지를 치켜들며 활기차게 대답해 줬다.

적어도 졸업식이 이루어지는 동안에는 무엇에도 얽매여 있지 않았다.

나도 당당하게 굴고 있다고 생각하지만, 자기 채점이라서 객관적으로는 어떨지 모르겠다. 나중에 다이후쿠한테 물어볼까.

졸업식은 온종일 하는 행사가 아니기에, 일단 시작되니 엄숙하게 식순대로 진행되었다. 일정대로 진행되면 대충 두 시간쯤 뒤에 끝날 거다.

내 첫 업무는 경비라서 강당 입구 쪽에 하염없이 서 있을 뿐이지만….

하필이면 여기인가 싶었다.

그야 관계없는 교사 건물을 경비해 봤자 아무 소용 없고, 단상에서 경비하면 완전히 방해하는 거니까 장소로서는 틀리지 않았지만… 내게는 사연이 있는 장소란 말이지.

이런 장소에 사연이 있을 거라고는 아무도 생각하지 않을 테니 그냥 내 탓이지만.

1학기에 나는 아이카의 표창 집회를 끝까지 볼 수 없어서 강당 밖으로 나가려고 했었다. 이렇게 말하면 생각만 하고 그만둔 것 같지만, 실제로 밖에 나가긴 했다.

전혀 그만두지 못했다.

매혹화 이능력을 극복하여 학교 전체의 아이돌 같은 존재가 되려고 하는 아이카가 너무 눈부셔서 견딜 수 없었다.

아이카 혼자였다면 아이돌이 되려는 생각을 안 했겠지만, 당시 부회장이었던 에리아스가 아이카가 도움이 되겠다고 판단하여 맹렬하게 밀어줬다. 실제로 아이카는 거의 학교의 광고탑 같은 존재가 되었다.

외톨이인 나와의 차이가 점점 벌어졌다.

한편 아이카는 그런 내게도 친구로서 제대로 시간을 할애해주는, 나무랄 데 없이 착한 사람이었고… 그래서 비굴한 나는 견딜 수 없었다.

강당에서 도망쳤다.

비유가 아니라 진짜로 나는 도망쳤다.

그랬더니 강당을 나오자마자 타카와시가 기다리고 있었다.

도망치지 말라고 강하게 말했었다.

딱 이 근처였지.

그때 타카와시가 서 있었던 부근에 서서 문 쪽을 보았다.

여기서 타카와시는 내가 도망칠 거라고 생각해서 지키고 있었던 거다.

정답이었다. 찌질하기 그지없는 나는 여기서 붙잡혔다.

이곳에 타카와시가 없었다면 나는 목적지도 없이 계속 도망쳤을 테고 지금도 도망치고 있었을 거다.

그때가 터닝 포인트였던 거겠지.

정말 고맙다.

어쩌면 그때 내 인생은 완전히 수렁에 빠져 버려서 다시는 떠오르지 못했을지도 모른다.

타카와시는 나 혼자 멋대로 올라왔다고 대답하겠지만, 내 입장에서는 타카와시가 끌어올려 줬다는 생각밖에 안 들었다.

물론 아이카도, 시오노미야와 다른 애들도, 그 후의 나를 끌어올려 줬기에 지금의 내가 있었다. 하지만 그날, 타카와시가 지키고 서 있지 않았다면 나는 헤어날 수 없는 곳까지 가라앉아 버렸을 거다.

왼발의 신발코로 바닥을 눌렀다.

이곳에서 타카와시가 내 목숨을 구해 줬다.

나는 가라앉지 않을 수 있었지만… 도망치지 않고 훌륭하게 살더라도, 넘을 수 없는 벽에 부딪혀 고통받기도 한다.

아이카를 말하는 거다.

아이카는 지금도 매혹화 문제를 해결하지 못했다.

아이돌이 되어 극성팬을 만드는 게 아닌 이상, 그날 같은 큰 문제가 벌어지진 않겠지만, 사람의 감정에 영향을 준다는 건 변함없다. 내 드레인보다 훨씬 해결하기 어렵지 않을까.

그런 것과 줄곧 마주해야 하는 건 힘들겠지.

인관연에서는 좋은 추억도 많이 만들었지만, 자신의 이능력에 휘둘리며 살아온 것은 나도 아이카도 타카와시도 모두 똑같고, 여전히 털어 내지 못했다.

타카와시가 날 구한 것처럼, 나도 누군가를 도울 수 있다면 좋겠다.

다만 그런 건 처음부터 작정하고서 할 수 있는 게 아니라, 우연히, 자신만이 구할 수 있는 국면 같은 게 나타나는 거겠지.

그때가 왔을 때, 내가 좀 더 강해져 있지 않다면 아무 도움도 되지 않을 것이다.

1학기의 그때보다 마음은 강해졌다고 생각하는데.

그런 생각을 멍하니 하고 있으니, 문에서 새어 나오는 등단자의 목소리가 익숙한 목소리로 바뀌었다.

문의 유리 부분에 얼굴을 가까이 대고 안을 보았다.

묘조 선배가 말하고 있었다.

아마 전 학생회장이라 졸업생 대표로서 연설하고 있을 것이다.

또 솜씨 좋게 졸업생 대표라는 역할을 해내겠지, 라고 생각했는데.

울먹이는 소리가 마이크에 담겼다.

그렇게 성능 좋은 마이크가 아니라서 지직거리는 노이즈가 섞였다. 그 노이즈도 선배의 심경을 나타내고 있는 것처럼 느껴졌다.

선배는 펑펑 울고 있었다. 알기 쉽게 감정이 북받쳐 있었다.

뭐야. 그저 멋있는 척할 뿐이지 선배도 평범한 학생이잖아요.

감정이 북받쳐 울고 있는 것처럼 보이는 것도 연기라면 배우를 하면 좋을 것 같지만, 아마 거짓된 요소는 없을 거다.

아니면 카페에서 얘기했던 것처럼 능숙하게 사는 건 오늘부터 그만두기로 한 걸지도 모른다.

하지만 눈물을 뚝뚝 흘리는 전개도 나름 졸업식다워서, 역할을 연기하고 있다고 할 수도 있었다.

그건 심술궂은 감상일지도 모르지만, 인간이 어떻게 행동하든, 극단적으로 이상한 것도 없으며 너무 평범한 것도 없지 않을까.

선배는 울면서 말을 마쳤는지, 그걸 칭찬하는 듯한 박수 소리가 울렸다.

본인이 잘했다고 생각할지, 실수했다고 판단할지, 나한테는 이런 기회가 없어서 모르겠지만, 애제자인 내가 보기에는 잘했다.

"수고하셨습니다."

어차피 밖에 있어서 안 들릴 테니 살짝 중얼거렸다.

그때, 선배의 연설이 끝난 것을 확인한 듯한 타이밍에 스마트폰이 진동했다.

엄밀히 따지면 업무 중이지만, 잠깐 정도는 괜찮을 것 같아서 스마트폰을 꺼냈다.

에리아스에게서 LINE이 와 있었다.

[저 사람의 본모습을 보게 돼서 히죽거리고 있어.]

그렇다면 그건 꾸며 낸 게 아니라 선배의 본모습 쪽이었구나.

에리아스도 업무 중에 LINE을 보냈으니 답장해도 되겠지.

[천적의 약점을 알게 돼서 좋겠네.]

[마지막 순간에 약점을 드러내는 걸 보면 저 사람은 책사야. 이제 학교에서는 못 놀리잖아.]

그것도 그런가, 하고 납득할 뻔했지만, 그건 마무리가 허술하다고 생각해서 이렇게 답장했다.

[얼마든지 불러내서 놀리면 되지.]

이로 인해 선배가 에리아스한테 어떤 짓을 당하든, 그건 학생회장 시절의 자업자득 업보니까 책임은 지지 않는다.

만약 선배가 졸업 후에도 공격이란 형태로 접점을 가질 수 있도록 에리아스라는 적을 만든 거라면 훌륭한 책사라고 말할 수밖에 없지만… 그건 선배를 너무 과대평가하는 거겠지.

전부 노린 게 아닐까, 하는 생각이 들 만큼 나는 선배의 마법에 걸려 버린 거다.

좋은 의미에서 묘조 마호는 더 단순한 인간이다.

★

졸업식은 별 탈 없이 예정대로 열한 시 반에 끝났다.

의자는 입학식 때도 쓰기에 대폭으로 정리할 필요는 없다고 했다. 끝났으니까 바로 해산하더라도 직무 유기가 되지는 않는다.

일하는 사람 중에 학생회 관계자가 많아서 일단 학생회실에 모이게 되었다. 거기에 주스와 과자가 준비되어 있고, 가벼운 뒤풀이를 한다는 모양이었다. 시간상 점심 식사를 대신하는 걸까.

하지만 나는 학생회실에 가지 않는다.

엄밀히 말하면 누구보다도 빨리 학생회실에 들러서, 내 가방에서 종이봉투만 꺼내 바로 나왔다. 범행 현장은 아니지만, 그다지 목격당하고 싶지는 않았다.

그리고 교실이 모여 있는 교사에 들어갔다.

평소보다 더 인구 밀도가 낮았다. 아마 나 말고는 지금 이 교사에 아무도 없지 않을까. 있더라도 기껏해야 추억에 잠겨 교실을 보고 있는 졸업생뿐일 거다.

몇 학년 몇 반의 교실로도 쓰이지 않는 5층 복도는 평소보다 더 휑하여 공기밖에 없는 것 같았다.

시뮬레이션실에 들어가서 스마트폰을 꺼냈다.

아이카에게 메시지를 보냈다.

시뮬레이션실로 와 주면 안 될까, 라고.

얼마 전에는 타카와시가 날 불러냈었지. 더 근사한 장소를 고르면 좋겠지만, 그러면 허들이 높아지니까 여기면 됐다.

가만히 서 있으면 시간이 길게 느껴지기에 의미도 없이 교실 안을 걸었다. 걷는다고 해도 뒤쪽에는 사용하지 않는 책상이 놓여 있어서, 걸을 수 있는 건 앞쪽 절반뿐이었다.

그곳에 타카와시의 책상, 아이카의 책상, 시오노미야의 책상, 그리고 내 책상이 띄엄띄엄 놓여 있었다. 아사쿠마는 대체로 서서 얘기하기 때문인지 자신이 쓸 책상은 마련하지 않았다.

원래부터 빈 교실이었던 이곳은 현역 교실과는 다른 먼지 냄새가 났다.

그 냄새에도 완전히 익숙해졌다. 홈그라운드의 냄새라는 느낌이었다.

…하지만 먼지가 많은 건 좋지 않으니까 창문은 열까.

운동장을 뛰고 있는 사람이 보였다. 분명 졸업생일 거다. 가만있을 수 없었겠지.

솔직히 말하면 나도 뛰고 싶다.

운동하고 싶다는 의미가 아니라, 아무것도 안 하고 기다리는 게 고통스럽기 때문이다. 별로 무겁지도 않은 작은 종이봉투조차 신경 쓰였다. 이런 건 걷고 있을 때는 아무렇지도 않은데.

아이카에게서는 여전히 반응이 없었다.

어쩔 수 없다. 아이카는 이런 타이밍에 연락이 오리라고는 상상도 못 했을 테니까.

전날에 연락하는 것도 생각해 봤지만, 그건 아이카에게 너무 심적 스트레스를 줄 것 같아서 할 수 없었다.

끼치지 않아도 될 민폐는 끼치지 않는다. 내 행사가 아니더라도 졸업식은 큰 이벤트니까 정신을 산만하게 해선 안 된다.

이런 건 어렵다. 남에게 폐 끼치지 않게 조심하면서 살려고 하면 그 사람과 전혀 상종하지 않는 것이 이론상으로는 정답이 되어 버리기도 한다. 특히나 외톨이의 사고방식을 가진 나는 그런 선택지를 채용하는 경향이 있었다.

하지만 지금은 아이카를 불러내는 것을 택했다.

와 주지 않는다면 또 다른 날 연락하겠다.

어떤 형태가 되든, 나도 아이카도 확실하게 결판을 내야 한다.

3학년이 되기 전에.

창문을 열자 바로 앞에 주인 없는 작은 거미집이 있었다.

드레인의 대상으로 그 거미집을 택했다.

거미집과 그 주변에만 드레인 효과가 미치는 이미지를 떠올렸다.

그리고서 시선도 돌려 버렸다.

여기 서서 기다리는 동안에는 이 거미집으로 연습이다.

트레이닝을 막 시작했을 무렵에는 한 점에 집중하여 응시했지만, 그럴 필요는 없었다. 중요한 건 오히려 너무 힘을 주지 않는 거다. 뻣뻣하게 긴장해서는 대회에서 이길 수 없는 것과 같을 것이다.

아직 남들 앞에서 공표하진 않았지만, 문제없어 보인다면 3학년이 되고 나서 인관연의 첫 모임 때, 평상시 다른 사람에게 다가가서 이야기하는 것 정도라면 할 수 있게 됐다고 말하기로 할까.

아니면 민들레꽃이 담긴 비닐을 몇 개 늘어놓고 그중 하나만 시들게 하는 걸 보여 준다든가. 그쪽이 더 설득력은 있겠다.

이제 몇 분 정도 지났으려나 생각했을 때….

"나리히라 군!"

하고 부르는 소리에 나는 곧장 돌아보았다.

아이카가 복도에 서 있었다.

달려왔는지 숨이 살짝 거칠었다.

"미안. 학생회실에서 온 거면 좀 멀지."

어쨌든 다른 건물의 5층이니까.

아이카는 천천히 안에 들어왔다.

나도 창문에서 떨어져 아이카 쪽으로 다가갔다.

"있잖아, 아이카한테 줘야 할 게 있어."

나는 봉투에서 동물 일러스트가 그려진 작은 종이 포장을 꺼냈다.

"아!"

아이카도 그게 뭔지 눈치챈 것 같았다.

동물원에 갔을 때, 아이카가 소장용으로 산 레서판다 미니 인형이었다.

"아이카, 돌아갈 때 떨어뜨렸었어. 내가 알아차렸을 때 아이카는 돌아간 뒤였고, 어차피 쫓아갈 분위기도 아니었으니까⋯."

설명하려니까 아무래도 변명처럼 되지만, 말하지 않을 수도 없었다.

"그랬군요~ 그럼 그렇다고 말해 주시지~ 잃어버린 줄 알았어요."

아이카의 얼굴에 웃음이 돌아왔다. 언제를 기준으로 '돌아왔다'고 말하는 건가 싶지만, 아이카의 기본 표정은 웃는 얼굴이라고 나는 생각한다.

"던질게. 받아. 자!"

드레인 범위 밖에서 언더핸드로 던진 종이 포장을, 아이카는 확실하게 양손으로 받았다.

"고마워요! 어디서 떨어뜨렸는지 알 수 없어서 포기했었어요. 동물원에서 가장 귀여웠던 동물이 다시 아이카의 수중으로 돌아왔어요!"

아이카는 레서판다를 품에 소중하게 안았다.

아이카의 이 미소를 다시 한번 흐리게 할지도 모른다는 건 무섭지만.

"아이카, 하나 더 전하고 싶은 게 있어."

나는 아이카의 눈을 지그시 바라보았다.

얼굴에서 미소가 조금 사라진 것 같았다.

하지만 계속 말하겠다.

타카와시와 약속했으니까.

동맹을 깨는 일은 있을 수 없다.

"한 달 이상 물리적으로 아이카 근처에 있지 않으려고 의식했어. 그렇게 내 안에서 결과를 냈다고 생각해."

아이카와의 거리를 조금 좁혔다.

이제 아이카의 건강을 해칠지도 모른다고 두려워할 필요는 없었다.

"드레인으로 다른 사람에게 고통을 주는 일은 없어졌어. 함께 나란히 걸어도 쇠약하게 만들지 않아."

이건 내가 쟁취한 성과다. 당당하게 굴면 된다.

"매혹화 효과만 흡수해서 무효화하는 게 가능할지는… 아직 모르겠지만… 장래에는 어떻게든 될지도 몰라. 뭣하면 특훈 상대가 될 수도 있고…."

단순히 듣기 좋은 소리 같지만, 나에게 가치가 없다고 말하는 것보다는 나을 것이다. 그건 무례한 얘기다.

214

비굴해지지 마.

타카와시한테 줄곧 들었던 말이다.

아이카 앞으로 걸어가 다시 한번 전했다.

"역시 나는 아이카를, 아야메이케 아이카를 좋아해!"

입 밖으로 꺼내니 고작 이게 다구나.

하지만 이게 내 전력이다.

오른손을 내밀었다. 이제 접촉한 누군가를 드레인으로 소모시킬지도 모른다고 겁먹지 않아도 됐다.

드레인은 바닥으로 보내고 있었다.

졸린 머리를 단박에 각성시켜 주는 기운 넘치는 목소리도.

여름 방학에 땀 흘리며 웃던 환한 얼굴도.

쑥스러울 때면 한층 작아지는 부분도.

아이카의 전부를, 전부 다, 나는 좋아한다!

"이능력 때문에 여러모로 어려운 점은 있다고 생각해. 하지만 매혹화도 극복할 방법은 있을 거야. 그게 아니라면 이상해! 거리를 둬도 좋으니까 사귀어 줘! 물리적으로 떨어져 있는 것과 고립되어 있는 건 다르니까."

고개는 숙이지 않았다. 무서워서 눈을 피하는 것 같을 테니까.

내게는 마음속 오픈처럼 시선을 피해야만 하는 이유가 없다.

만약 앞을 보지 못한다면 그건 자신의 마음이 약하기 때문이다.

지금은 도망칠 때가 아니다.

나는 아이카와 함께 있고 싶다.

물리적으로 떨어져 있어도 분명하게 이어져 있을 수 있는, 그런 두 사람으로 있고 싶다.

이능력 문제는 산적해 있지만, 산은 깎아서 작게 만들 수 있다!

내 마음은 전부 말로 표현했으니 이제 아이카의 마음에 달렸다.

이랬는데 거절당한다면 깨끗이 포기하겠다. 삼세번을 노리는 건 너무 구질구질하다.

아이카는 분명 내 말을 확인하고 있었다.

믿을 만한 가치가 있는지를.

매혹화는 쓸데없이 아이카를 상처 입히기도 하는 이능력이다. 그 위험성을 넘어서는 가치가 어딘가에 있어야만 이야기가 성립된다.

레서판다를 안고 있는 아이카의 손에 살짝 힘이 들어갔다.

종이 포장이 작게 바스락거렸다.

"한 번, 그런 방식으로 거절했는데, 나리히라 군은 제가 싫지 않나요?"

"여전히 좋아하니까 이렇게 고백하고 있는 거야. 오히려 전보다 더 좋아해."

"매혹화 때문에 굉장히 폐를 끼칠 거예요."

"그래도 돼. 뭣하면 매혹화를 제어하는 특훈을 같이 할까?"

마지막으로 한마디 더 덧붙였다.

"좋아해."

아이카가 불안해하지 않도록, 이 말을 나는 앞으로도 수없이 반복하고 싶다.

그 '좋아해'에 지지 않으려면 이 방법밖에 없으니까.

아이카가 살짝 고개를 끄덕인 것처럼 보였다.

아이카의 레서판다가 한쪽 팔로 이동했다.

그렇게 자유로워진 반대쪽 손이.

앞으로 내민 내 손을 잡았다.

"네! 부탁드릴게요!"

아이카의 목소리는 떨리고 있었지만, 얼굴은 틀림없이 웃고 있었다.

내가 몇 번이나 본 그 웃는 얼굴이었다. 나 혼자 우울해하고 있을 때도, 불안하기만 해서 움직이지 못할 것 같을 때도, 배가 등대의 빛을 의지하듯이 내 눈으로 보아 온 웃는 얼굴이었다.

"고, 고마워. 정말 고마워!"

이런 경험이 없는지라, 고맙다는 말 외에는 뭐라고 하면 좋을지 모르겠다.

아니, 행복을 표현하는 말은 그렇게 많이 필요 없겠지.

행복은 행복이라고 말할 수밖에 없으니까. 여러 가지 표현으로 행복을 나타내면 오히려 행복이 아닌 것 같다.

그런데 이거, 어느 타이밍에 손을 놔야 하는 걸까?

내 손 축축하지 않을까?

긴장했으니까 그야 축축하겠지. 확실하게 땀은 났다. 원래 그런 거다. 하지만 가능하다면 완벽한 상태에서 악수하고 싶었다.

"아이카도 매혹화로부터 도망치지 않고 맞서 나갈 생각이에요. 그… 에링에게도 응원받았고…."

부끄러운 것을 떠올렸는지 아이카는 살짝 말을 흐렸다.

"아아… 딱히 무리해서 얘기하지 않아도 돼…."

타카와시가 아이카에게 무슨 말을 했는지는 모르겠지만, 그마음속 오픈의 오해를 풀 타이밍이 여자들 사이에서 있었던 걸지도 모른다.

"저기, 나리히라 군. 그…."

다시 아이카의 말이 막혔다.

아니, 막혔다기보다는 고르고 있었다.

"아이카에 대한 마음, 갑자기 바뀌었다거나 하진 않나요?"

"아니, 나는 아이카를 계속 좋아해. 한 번 거절당했다고 해서 마음이 식진 않았어."

이건 당당하게 말할 수 있다.

"그게 아니라요! 이렇게 가까이 있으니까, 매혹화의 영향으로 기분이 달라지진 않았는지 묻는 거예요!"

"아! 그런 거구나! 미안, 미안!"

아주 창피한 착각을 하고 말았다.

일단 손을 뗐다. 기분상 아까보다도 거리를 뒀다.

"괜찮은… 것 같아. 내가 자각하는 범위에서는 달라진 느낌이 안 들어."

자각할 수 있는 건지 모르겠지만, 자각할 수 없는 건 질문받아도 답할 수 없다.

"그런가요. 다행이에요."

아이카는 웃는 얼굴로 천천히 고개를 끄덕이고서 이렇게 물었다.

"그… 아이카를 정말로 좋아하는 사람에게는 효과가 없는 걸까요?"

기쁘지만, 그 이상으로 낯간지러운 말이다….

"그건 너무 좋은 쪽으로 해석하는 것 같지만… 아이카를 처음 만났을 때처럼 갑자기 이 자리에서 바로 고백하고 싶어지는 그런 기분은 안 들어. …응, 머릿속이 급격하게 뜨거워지지는 않아….”

이런 건 매혹화가 없어도 평상심이 흐트러진다. 그래서 알기 어려워지는 면은 있지만, 이성이 날아가지는 않았다.

사귀게 된 지금도, 내게 표면상의 변화는 없었다.

“그렇군요~ 그럼 오래 만난 사람은 매혹화가 잘 듣지 않게 되는 걸까요.”

“그럴 가능성은 있어.”

그렇지 않으면 가족도 생활하기 어려워질 테니까.

이게 정말이라면, 인관연에 소속되면서 나는 아이카를 편하게 대하게 된 걸까.

뭐, 너무 과하게 기대하진 말자. 그게 아니었을 때의 대미지가 커진다.

문제가 남아 있어도 극복해 나갈 생각이고.

“아이카, 드레인 때문에 피로하진 않아?”

손을 잡는다는 건, 드레인의 대상이 주변 전체에 미치고 있었을 때는 가장 상대를 피로하게 만드는 일이었기에 내가 가장 해선 안 되는 일이었다.

아이카는 얼굴을 좌우로 흔들었다.

“아뇨, 아뇨. 듣고 보니까 예전보다 피로하지 않은 것 같아요~”

그렇다면 잘된 거구나, 라고 생각했더니.

아이카가 내 손을 잡았다.

"학생회실에 가요. 뒤풀이 비슷한 걸 하고 있어요♪"

그렇지. 이런 곳에 계속 있으면 이상하지.

하지만 하나 더 아이카에게 줘야 할 게 남아 있었다.

"있잖아, 아이카. 이것도 받아 주지 않을래?"

레서판다가 빠져서 아주 조금 가벼워진 종이봉투를 아이카에게 내밀었다.

"네? 뭔데요?"

아이카가 종이봉투에 든 것을 꺼냈다.

벚꽃 디자인이 들어간 분홍색 패키지.

"동물원 데이트 때는 초콜릿을 받아 주지 않았으니까, 재도 전해 봤어."

선배가 따 온 꽃을 공양한 후, 역 앞으로 돌아가서 사 왔다. 빈손으로 가는 것보다는 나을 것 같아서.

"나리히라 군, 미련을 못 버리는군요~"

그 표현은 뭔가 이상하지 않아? 나 지금 구질구질하게 굴고 있는 거야?

"하지만 기뻐요! 고마워요!"

아이카는 초콜릿 상자를 품에 꼭 안았다.

이번 초콜릿은 내가 외롭게 먹지 않아도 될 것 같다.

6 친구가 되자고 말하는 건
    사귀자고 말하는 것만큼이나
    부끄럽단 말이지

역 앞을 느긋하게 돌아다니고 있었다.

쇼핑이 목적이라고 말할 수도 있지만, 굳이 따지자면 돌아다
닌다는 게 더 중요했다.

아무튼 드레인 문제가 대폭으로 개선됐으니까.

이전까지는 사람이 없는 곳을 골라서 걸었다.

스쳐 지나간 상대가 차례차례 죽는 사신 같은 이능력은 아니
지만, 그래도 신경 쓰긴 했다. 보통 사람이라면 절대 신경 쓰지
않아도 될 일도 신경 써야 하니, 그만큼 손해를 보고 있었다.

이제 그럴 일은 없었다. 사람이 많은 역 앞을 걷고 싶어질
만도 했다.

엄밀히 말하면, 드레인을 제어하는 의식이 새롭게 필요해졌
으니까 플러스마이너스 제로일 테지만, 성장은 했으니까 심리
적으로 플러스다.

그렇게 돌아다니다가 쇼핑몰 안에서 타카와시와 조우했다.

"아, 초대 구석에 처박힌 생쥐구나."

"초대라니, 2대가 있는 거냐."

이런 데서 바로 '초대'라는 말을 붙이는 걸 보면 이 녀석은 독설에 익숙한 것 같다. 그런 것에 익숙해지지 마.

"이왕 만난 거, 카페에라도 들어갈까?"

불구대천의 원수인 것도 아니므로 그 정도 제안은 했다. 불쾌해하는 표정을 지을지도 모른다고 생각은 했지만….

정말로 불쾌해하는 표정을 지었다.

가능성으로 생각했어도, 역시 그런 얼굴을 보면 상처받는다.

"너 사귀기 시작했잖아. 갑자기 다른 여자랑 가게에 들어가면 안 되지. TPO라는 걸 의식해."

설마 이런 타입의 쓴소리를 들을 줄은 몰랐다.

당연히 불행이 옳아서 안 된다는 식의 말을 들을 거라고 상상했는데….

"아니, 하지만 인관연 사람과 카페에 들어가는 건 별개잖아. 내기해도 좋아. 아이카는 신경 안 써."

"틀렸어. 너랑 사귀는 여자가 어떻게 생각하느냐를 말하고 싶은 게 아니야. 내가 신경이 쓰인다는 거야."

더 불쾌해하는 표정을 지었다. 게다가 '너랑 사귀는 여자'라니 꽤 가시 돋친 표현이다. 원래부터 기분이 안 좋았는데 조우하게 된 걸까.

이 모습을 보아하니 가게에서 수다 떨 상황은 아니었다.

괜히 긁어 부스럼 만들지 말고 이탈을 택하는 게 나으려나.

"가게 들어가긴 귀찮으니까 근처에서 얘기해."

얘기하는 것 자체는 싫지 않은 모양이다.

이 녀석의 생각을 읽는 건 어렵다. 상시 언짢은 얼굴을 하고 있는 탓이다.

표정의 종류를 더 늘려 줬으면 좋겠다. 약 1년간의 친분으로는 무슨 생각을 하는지 아직 판단할 수 없을 때가 많다.

우리는 엘리베이터 옆 계단으로 이동했다.

손님이 걷는 것을 별로 상정하지 않았는지, 이런 데에 돈을 들이는 게 바보 같았는지, 화려한 점포 부분과 비교하면 계단 부분만 조금 낡았고 약간 어두웠다.

그야 엘리베이터를 이용하지 않고 묵묵히 계단을 오르내리는 걸 추천하는 쇼핑몰은 손님이 금방 떨어져 나가겠지.

거기서 타카와시는 계단을 더 올라가 층계참에서 멈췄다.

그렇군. 층계참은 짧게 이야기하는 데 나쁘지 않다.

세이고의 층계참에서도 이래저래 얘기를 했던 것 같다. 4층과 5층 사이의 층계참은 지나다니는 학생도 별로 없어서 딱 좋았다.

하지만 졸업식 후 학생회실에서 열린 뒤풀이에도 둘 다 참석

했었고, 이 짧은 기간에 새로운 화제가 생기지도 않았다.

아이카와 함께 학생회실로 돌아갔을 때, 타카와시는 재미없다는 얼굴로 주스를 마시며 에리아스에게 독설을 날리고 있었다. 나로서는 타카와시가 집에 가지 않고 참가한 것만으로도 꽤 놀라웠다.

그래서 별로 얘기할 것도 없었다.

뭐, 늘 명백한 목적이 있어야만 대화를 나누는 것도 숨 막히는 일이고, 어찌 되든 좋은 얘기를 떠들면 되겠지.

나는 층계참의 구석에 기댔기에 그야말로 구석에 처박힌 생쥐가 되어 버렸다.

타카와시는 층계참의 한가운데에 서 있었다. 타카와시의 정면에 계단의 정중앙을 지나는 난간이 있었다. 문지기 같지만, 통행인이 많진 않으니까 괜찮을 거다.

휴일의 타카와시는 검은색 스키니 레깅스를 입어서 긴 다리가 더 길어 보였다. 하얀 긴소매 티셔츠와 함께 봐도 무채색이지만, 그걸 잘 소화해 내고 있으니 역시 얼굴이 예쁘고 잘생긴 게 최고였다.

"드레인도 어떻게든 된 모양이고, 그래서 즐겁게 산책하고 있었나 봐?"

"반론하고 싶지만, 그게 맞아서 아무 말도 할 수 없네."

바로 맞혔단 말이지. 드레인을 제어하는 훈련을 위해 돌아다니고 있었다고 우길 수도 있지만, 매우 변명처럼 들린다.

"여자 친구도 막 생겼고, 지금이 인생의 전성기네. 축하해."

아이카와 사귀게 된 것에 대해 타카와시에게 축하의 말을 들은 것은 이게 처음인 것 같다.

아니, 이미 보고했는데 처음 축하받은 게 이상했다.

말하지 않는 것도 이상하기에 타카와시와 시오노미야에게는 졸업식 뒤풀이가 끝나고 패밀리 레스토랑에 들어가서 얘기했었다.

뒤풀이 자리에서 얘기할 만한 담력은 내게 없었다. 그런 수호전의 등장인물 같은 호쾌한 짓은 못 한다.

사귀게 됐다고 보고하자 시오노미야는 힘차게 박수를 쳤다. 메이드장까지 짧은 손을 최대한 움직여서 축하해 주는 것 같았다.

반면 타카와시는,

"헤어질 때 분위기가 나빠지지 않는다면야 뭐든 좋아."

라며 불길한 말을 했다.

물론 축복은 아니었기에, 방금 처음으로 축하받았다고 카운트한 것이다.

하지만 타카와시가 없었다면 아이카와 사귈 수 있었을지 미심쩍은지라… 아니, 그런 가정에 아무 의미도 없지.

타카와시가 없었다면 인관연이 생기는 일 자체가 없었을 테고, 아이카와도 만나지 못했을 것이다. 내가 손에 넣은 소중한 것이 전부 없었을 거다.

"이 일에 관해서는 고마워하고 있어. 자세히는 모르지만, 아이카가 널 불러내서 만났었지?"

"글쎄. 기억이 잘 안 나."

타카와시는 억지스럽게 시치미를 뗐다. 센 입장에 있는 것을 이용한 기술이었다. 어차피 내 쪽에서는 추궁할 수 없다.

아이카는 그 자리에서 타카와시의 심정을 확인하려고 했을 것이다.

거기서 아이카가 (타카와시가 뭐라고 했든) 타카와시가 나를 좋아한다고 판단했다면, 내가 무슨 짓을 해도 아무런 영향을 주지 못하고 아이카에게 차였을 거다. 그 평행 세계의 아이카는 나와 타카와시가 사귀어야 한다고 믿어 의심치 않았으리라.

심지어 나는 아이카에게 한 번 차인 적이 있으니, 그 가능성은 결코 적지 않았다.

승부는 자신이 관여하기 전부터 정해져 있기도 하다.

"전성기를 실컷 즐기도록 해. 이미 내리막길에 접어들었을지도 모르지만."

"독설은 그쯤 해 둬. 이미 참을 수 있는 범위를 벗어나고 있어."

이것저것 말하고 싶겠지만, 좀 더 너그럽게 배려하는 법을 배웠으면 좋겠다. 이 녀석이 그걸 모를 리가 없으니, 배려하는 법을 알면서 안 하는 거겠지만.

다만 목소리 톤은 그렇게 매섭지 않았다. 그래서 나도 견디고 있었다. 목소리 톤까지 짜증났다면 벌써 집에 갔을 거다. 집에 가서 울었을 거다.

이게 타카와시 나름의 배려인 걸까.

가능하면 독설을 듣지 않는 화제로 넘어가고 싶다고 생각했더니, 그걸 알아차렸는지 화제가 바뀌었다.

"동맹도 이제 필요 없을 것 같고, 파기하기로 할까?"

그런가. 나랑 타카와시밖에 없으니까, 이왕이면 두 사람 사이의 일을 이야기하는 게 낫지.

"이 동맹은 서로 친구를 만들기 위해 온 힘을 다하겠다는 거였어. 서로에게 친구가 있고, 그레 군에게는 여자 친구가 생겼지. 이제 의의가 없잖아."

"그래, 이제 필요 없어."

나도 구석에 몸을 묻고서 고개를 끄덕였다.

본래 취지를 생각하면 이미 실효되었어도 이상하지 않았다.

"그러니까 동맹 상대라는 입장을 앞으로는 친구로 바꾸지 않을래?"

너무 무겁지 않게 잘 말했다고 생각한다.

작년의 나였다면 못 했을 거다.

부끄러운 마음에 말문이 막혀서 오히려 애처로워졌을 거다. 어색한 분위기가 됐을 거다. 그러니 이것도 성장인 거겠지.

타카와시는 한 호흡 간격을 두고서 씩 웃었다.

명랑한 웃음과는 동떨어져 있지만, 타카와시가 웃을 줄은 몰랐다.

"애인이 생겼으니 여사친은 필요 없지 않아?"

"그게 무슨 논리야…. 있어도 되잖아…."

이렇게 나오면 나는 친구가 되자고 물고 늘어질 수밖에 없다.

그건 꽤 수치스럽기에, 결국 나는 어떤 말을 해야 할지 망설이며 허둥거렸다.

이 녀석, 순식간에 나를 놀릴 수 있겠다고 판단하여 악마처럼 웃은 건가….

역시 타카와시 쪽이 몇 수 위다. 나 따위에게 승산은 없다.

"애초에 애인이 생긴 직후에 여사친도 킵해 두려는 속셈이 추해."

"표현이 너무 악의적이야. 전부 악의로 이루어져 있어. 콜타르처럼 새까매."

또 독설에 태클을 거는 형태로 수습되는구나.

타카와시와의 이 대화는 전혀 달라진 게 없다.

"농담이야. 앞으로도 잘 부탁해."

타카와시는 내 쪽에 힐끔 시선을 주며 말했다.

악마 같은 미소는 어이없어하는 듯한 웃음으로 바뀌어 있었다.

"그레 군과 아야메이케의 문제가 정리돼서 속이 후련해."

"그래. 나도 좋은 형태로 다음 단계로 나아가서 안심했어."

변함없이 타카와시는 근사했다. 특히 지금처럼 웃을 때면 귀엽다기보다 멋있어 보였다.

일단 친구라는 건 인정해 준 것 같았다.

이래저래 기념해야 할 순간이지 않을까.

"근데 나랑 네가 친구면 처음부터 동맹이고 뭐고 필요 없었던 거 아니야?"

그 동맹은 친구를 만들기 위해 협력한다는 거였으니까.

타카와시가 추운 듯 양손으로 각각 반대쪽 팔뚝을 붙잡았다.

"생각만 해도 무서워. 그건 친구가 없는 녀석끼리 서로를 위로하자는 의미일 뿐이잖아! 지옥에서도 죄가 상당히 무거운 녀석이 떨어지는 곳이야."

상상해 보니 그 말이 맞았다.

그런 닫힌 세계는 사양이다.

"그건… 그러네. 응, 내가 잘못했어. 잘못은 적극적으로 인정하겠어….”

이렇게 우회하는 건 꼭 필요했던 거다. 운동장을 한 바퀴 달리는 행위가, 같은 지점에 도착하니까 쓸모없는 것은 아닌 것처럼. 타카와시와 친구가 되기까지의 과정에서 나는 강하게 단련된 것이다.

그리고 내가 처음부터 타카와시와 친구가 됐다면 무수한 만남은 소멸했을 거다. 타카와시가 이신덴과 친해지는 일도 없었을 테고, 나도 동성 친구가 전혀 없는 채였을 우려가 있다.

결과론이지만, 동맹이라는 시스템이 나도 타카와시도 살렸다.

“동맹 체결…은 아니지만, 친구 체결의 표시로 또 뭔가 할까.”

말을 꺼내는 데는 익숙해졌지만, 구체적으로 이야기하는 건 아직 부담스러웠다.

즉, 손가락 약속 같은 걸 할 거냐고 나는 말하고 싶은 거였다.

물론, 그런 건 어찌 되든 좋다고 한다면 그걸로 끝이지만.

“하지만 졸업식 날 아야메이케랑 손잡았잖아. 그럼 심플하게 악수할 수도 없어. 고작 악수지만, 애인과 똑같은 방식은 채용할 수 없으니까.”

“너 꽤 많이 알고 있네….”

아이카가 얘기한 것 외에 가능성은 없다. 왜냐하면 다른 목

232

격자는 없으니까.

"전혀 알고 싶지 않았는데 알게 됐어. 이력 남아 있는데 보여 줄까?"

타카와시가 스마트폰을 내 쪽으로 들었다.

"그건 진짜 참아 줘. 부끄러운 척하는 게 아니라, 진짜로 하지 마…."

그런 걸 문자화하지 말았으면 좋겠다. 최대한 기록으로 남기지 않았으면 좋겠다. 나중에 후회하는 건 당사자인 자신들이다.

근데 여자들은 기념이 될 만한 것들을 기억하는 걸까?

고백한 날짜 같은 것도, 지금은 당연히 안 잊어버리지만, 까먹지 않게 메모라도 하는 게 좋을까…. 잊어버린 것을 비난하면 사과하는 것 말고는 방법이 없어진다….

"악수가 안 된다면 어떡할래? 하이파이브?"

"이런 것에 선택지다운 선택지는 없어. 그러니까 이전과 똑같이 하는 게 어때?"

타카와시는 오른손의 검지를 내밀었다.

아아, 동맹을 체결했을 때도 이랬지.

그때는 동맹을 깨지 않겠다고 서약하는 의미가 담겨 있었지만.

여기에는 어떤 의미가 있는 걸까. 아니, 의미 같은 건 없지.

형식이 중요한 거다.

형식이라고 하면 안 좋게 들리지만, 기념으로 뭔가를 하는 것이 중요하다고 바꿔 말하면 이해가 잘 된다.

"알겠어."

나는 그렇게 말하고서 드레인의 영향이 발밑으로 가도록 의식했다.

한 걸음, 타카와시 쪽으로 다가갔다.

타카와시도 한 걸음 다가왔다.

그것만으로도 거리는 충분히 좁혀졌다.

"그럼 앞으로도 적당히 잘 부탁해."

"그래. 적당히 잘 부탁한다."

검지끼리 톡 맞댔다.

작년처럼. 타카와시의 긴 손톱은 살짝 아팠다.

"3학년이 되어서도 잘 부탁해."

아직 4월이 되지 않았으니 우리는 아직 2학년이긴 하지.

3학년이 되기 전에 외톨이에서 탈출하고, 친구를 사귀고, 애인도 생겼다.

올해가 인생에서 가장 뜻깊은 1년이 될지도 모르겠다.

"근데 인관연은 1학년한테 동아리 소개할 때 뭔가 할 거야?"

3학년이 되어서도 잘 부탁한다는 말을 들으니, 3학년이 되어 맨 처음 찾아올 문제가 머릿속에 떠올랐다.

타카와시는 무슨 시시한 질문을 하냐는 듯 어이없다는 표정을 지었다.

"선전하는 걸 보고서 들어오고 싶어 하는 녀석을 받아 주더라도 인관연의 멤버로 어울리지 않겠지. 어떤 동아리에도 들어가지 못하고 있는 녀석을 발견하는 대로 하나씩 낚는 거야."

"악덕 모집책 같은 발언이네…."

다만 타카와시가 신입생이 가입하는 것 자체는 부정하지 않는 자세를 보이는 게 의외였다.

"열심히 인간관계를 연구해 나갈까."

"나는 그런 거 연구할 생각 없는데."

"…자신이 생각한 명칭에 조금은 경의를 표해라."

서서 얘기하다 보니 슬슬 다리가 아팠기에, 나는 친구와 헤어져 귀갓길에 올랐다.

솔직히 인정하는 건 아직 조금 부끄럽지만, 타카와시는 친구라고 오늘 정했다.

에필로그

"자, 도착했어요! 사진 찍을 테니까 다들 나란히 서 주세요!"

"아니, 이상하잖아. 그런 건 호수에 도착하고 나서 하는 거잖아. 왜 승강장에서 벌써 단체 사진을 찍으려고 해."

타카와시가 정확한 지적을 했다.

아이카는 카와구치코역의 승강장에 내리자마자 참가자들을 나란히 세우려고 했다. 나도 이건 아니라고 생각했다. 최소한 역 앞에 서서 찍어.

"거기 남자 친구, 책임지고 가르쳐. 상식이 부족하다고!"

평범하게 나한테 불똥이 튀었다.

"그거랑 남자 친구는 관계없잖아⋯."

"아, 나왔다, 나왔어. 비판하는 건 다른 사람한테 맡기고 자신의 호감도는 떨어지지 않게 하는 작전. 자기만 생각한다는 것을 잘 알 수 있는 증거야."

나는 그렇게 물어뜯길 만한 짓은 하지 않았다.

하지만 이대로 그냥 넘어갈 수도 없었다.

"아이카, 카와구치호에 도착하면 다 같이 사진 찍자. 그때까지는 개별로 찍고 싶은 걸 찍는 방향으로."

"네~! 그럼 멋대로 모두를 찍어 둘게요♪"

그렇게 말하며 아이카는 바로 내게 디지털카메라를 들고 한 장 찰칵 찍었다. 그런 사진이 필요한가 싶었는데, 이번에는 스마트폰으로도 찍혔다.

"이도류야?"

"이러면 어느 한쪽에 문제가 생겨도 괜찮잖아요? 용의주도하다고 칭찬해 주세요!"

"아주 틀린 말은 아닌 것 같기도 한데, 용의주도하다는 말은 너무 과하지."

그런 우리의 모습을 시오노미야와 아사쿠마, 그리고 다이후쿠가 신기하게 바라보고 있었다. 살짝 거리를 두고 있는 것 같아서 수치심이 든다….

한편, 에리아스가 이 이상 소란 떨면 제재를 가하겠다는 얼굴로 노려보았기에 나는 천연덕스러운 얼굴을 하고서 서둘러 개찰구로 향했다. 왜 내가 신경 써야 하는 거지.

말을 안 거는 게 오히려 더 이상한가.

"에리아스, 앞으로 계속 짜증날지도 모르겠지만, 책임은 안

져.”

“하지만 세팅에 관여한 메이드장에게 불평해도 효과가 있을지 알 수 없으니까 역시 나리히라가 책임져.”

책임 안 진다니까 그러네.

“뭐, 절도 있게 행동하도록 해. 나는 진지한 목적으로 왔으니까. 내 이능력과 후지의 유명한 물 중에서 어느 쪽이 위인지 판가름해야 해.”

“그럼 판가름이 나면 신속히 돌아가 줘.”

“아니, 나리히라를 방해하기 위해 남을 거야.”

에리아스는 히죽 웃었다.

타카와시보다도 경계해야 하는 녀석이 있는 시점에 앞날이 어두웠다.

“카와구치호까지는 그리 멀지 않지만, 거기서 신사까지는 거리가 2km쯤 되는 모양이니, 확실하게 걸어가야겠어요.”

시오노미야가 관광 지도를 보며 말했다.

“천천히 걸어가면 시간이 걸리겠네요. 스승님, 뛰어갈까요?”

아사쿠마가 체육부다운 제안을 한 것이 신경 쓰였다. 승강장에서 단체 사진을 찍는 것보다도 거부하고 싶은 내용이다.

정신 차리고 보니 타카와시 혼자 개찰구 앞으로 이동해 있었다.

“메이드장이 먼저 나와 버렸어. 다들 메이드장의 지시에 따라."

　집단행동을 하게 되면 또 그것대로 타카와시는 총괄자가 되는구나, 하고 나는 마음속으로 생각했다.

　4월 초, 우리 인관연 멤버와 기타 등등은 카와구치호에 왔다.

　이다음에 샘물이 엄청나게 깨끗하기로 유명한 오시노핫카이에도 가기로 했다.

　아무튼 후지산 북쪽의 기슭을 도는 여행이었다.

　발안자는 메이드장이다.

　거짓말 같은 얘기지만, 카와구치호와 오시노핫카이의 설명이 적혀 있는 종이를 우리에게 나눠 줬으니까 사실이라고 인정할 수밖에 없을 것이다.

　내가 혼자 여행할 장소로 이 부근을 고려한 직후에 메이드장이 나한테 왔기에 내 마음을 읽은 건가 싶어서 무서웠었지만, 아무래도 우연이었던 모양이다.

　오히려 기꺼이 우연이라고 정리하고 싶다. 진상을 파헤쳐 봤자 득 볼 것이 없다.

　타카와시와 조우한 날 밤.

　인관연의 그룹 대화방에서 4월에 어딘가 가자는 이야기가 나왔을 때, 아이카가 [그리고 보니 메이드장이 뭔가 종이를 가져왔었어요.]라고 말하며 사진을 함께 올렸다.

그러면서 모두가 그 종이를 받았다는 것이 발각된 것이다.

메이드장이 후지산 북쪽을 고른 이유는 불명이지만, 여행 장소로 생각했다는 것만큼은 확실했다.

심지어 메이드장이 종이를 나눠 준 대상은 인관연뿐만이 아니었다.

우선 시오노미야의 보고로 다이후쿠도 종이를 받은 걸 알 수 있었다.

혹시 몰라서 확인하니 에리아스도 종이를 받았다는 모양이라, 그 두 사람도 초대하게 되었다.

다이후쿠는 그렇다 쳐도, 내가 아이카와 사귀게 된 이 타이밍에 에리아스를 부르는 것은 좀 아니지 않나 싶었지만, 일일이 말할 일은 아니기에 에리아스의 판단에 맡겼다. 안 부르면 또 그것대로 나중에 무슨 말을 들을 위험이 있었고.

결국 에리아스와 다이후쿠도 오면서 꽤 인원이 많아졌다.

[회장도 부회장도 오다니, 뭔가 학생회와 유착 관계 같네.]라는 것은 참가 인원이 결정된 후 타카와시가 보낸 LINE이었다.

카와구치호는 정말로 역에서 가까웠다. 순식간에 정면에 호수가 보였다.

"야호~!"

하고 아이카가 호수를 향해 외쳤다.

타카와시가 이마를 짚었다.

"이제 지적할 생각도 안 들어. 그레 군, 어떻게 좀 해."

"실질적인 해는 없으니까 내버려둬."

시오노미야가 아이카에게 다가갔다.

"이곳이 카와구치호—후지산 북쪽에 점재한 후지 5호 중 한 곳이군요. 자, 여기서 문제예요. 카와구치호 외에 후지 5호는 무엇일까요?"

의외로 어려운 문제다. 후지 5호니까 다섯 개나 있는 거잖아. 내 머릿속에 떠오르는 이름은 야마나카호뿐이었다.

다이후쿠도 모르는 것 같으니까, 시오노미야의 남자 친구라고 부정행위를 저지르지는 않은 것 같았다.

에리아스는 스마트폰을 조작하기 시작한 걸 보면 당당히 커닝하려는 것 같았다. 뭐, 생각해 봤자 알 수 있는 문제는 아니니까, 그건 그것대로 합리적이긴 했다.

"선배, 모토스호가 후지 5호였나요…?"

아사쿠마가 질문했지만, 나도 "그, 글쎄…."라고 대답할 수밖에 없었다.

"아, 나왔다, 나왔어. 단순히 모르면서 '글쎄'라고 말해서 조금은 지식이 있음을 어필하는 거. 이야~ 좋은 구경 했네."

타카와시가 아픈 구석을 찔렀다. 내가 방심한 순간을 그냥 넘어가 주지 않았다.

"쓸데없는 얘기를 일일이 말하지 마!"

"지식이 없다면 솔직하게 모른다고 말하면 되는데. 아아~ 실력에 비해 자존심이 비대하면 큰일이구나."

오늘의 독설 공격력이 너무 세다. 여행의 기억이 떠올리고 싶지 않은 기억이 될 수도 있으니까 조금만 봐줬으면 좋겠다.

"어쩔 수 없잖아…. 지역 주민이 아닌 이상, 호수 이름 같은 건 상시 의식하지도 않고…."

말을 안 하면 안 하는 대로 타카와시가 추격타를 날리기에 나도 대꾸는 했지만, 호수 이름을 열거하지 못하는 시점에 무슨 말을 하든 모양새가 나지 않았다.

다만 아이카는 우리와는 차원이 다른 싸움을 보여 줬다.

"호수 이름 말이죠? 으음~ 비와호!"

"틀렸어요."

틀렸다고 일일이 성실하게 대답하는 시오노미야가 기특해 보였다.

"오쿠타마호, 사가미호, 하코네에 있는 아시노호… 어떤가요!"

"전부 틀렸어요."

이번에는 조금 냉철하게 시오노미야가 말했다.

그런 시오노미야를 다이후쿠가 말없이 촬영하고 있었다. 여자 친구의 표정을 착실하게 저장해 두려는 건가. 사귀면 그런 업무도 발생하는 모양이다.

그에 반해 에리아스는 호수 쪽으로 카메라를 들고 있었다.

저 녀석은 학생회장이면서 단체 행동 중에 단독으로 움직이는 구석이 있다.

자신이 지배하는 건 좋지만, 타인이 이것저것 결정하는 건 싫은 걸지도 모른다. 아니, 그건 그냥 제멋대로인 건가.

그렇게 각 멤버의 모습을 보면서 나는 이런 생각을 했다.

카와구치호는 혼자 여행하기 딱 좋을 것 같다고 생각했었다.

하지만 여럿이 오는 게 낫구나.

좋은 관광지라면 혼자 가든 집단으로 가든 당연히 좋다는, 그런 단순한 이유 때문이겠지만.

참을 수가 없었는지, 이번에는 타카와시가 아이카에게 따져 들었다.

"있잖아, 아이카. 이건 호수 이름을 아는지 묻는 문제가 아니야. 여기, 여길 봐 봐!"

타카와시는 메이드장이 준 종이를 꺼낸 것 같았다.

"여기에 제대로 설명이 적혀 있어. 안 읽고 여행 오는 건 좀 그렇지 않아? 메이드장이 울며 카와구치호에 입수해 자살하면 어쩔 거야."

태클을 걸 수 없는 메이드장을 이용하여 일일이 불길한 예시를 들지 마.

메이드장은 빤히 호면을 바라보고 있었다.

혹시 메이드장 자신이 이 근처로 여행을 오고 싶었던 걸까? 메이드장은 시오노미야와 함께 행동할 수밖에 없으니 말이지.

뭐, 미안하지만 메이드장은 어찌 되든 좋다. 아이카다. 타카와시에게 너무 집중포화를 받을 때는 내가 남자 친구로서 끼어들어야 한다. 오늘 타카와시는 평소보다 위세가 좋으니까.

다만 아이카는 타카와시가 쏘아붙이는데도 멍한 표정을 짓고 있었다.

"왜? 난 틀린 말은 전혀 안 했다고 생각하는데…. 혹시 그렇게까지 말할 필요는 없지 않냐고 말하려는 거야…?"

그 반응은 예상하지 못했는지 타카와시가 조금 주춤했다.

아이카가 정말로 화나면 여행도 망한다. 당연히 그 책임은 타카와시에게도 생긴다.

타카와시여, 마침내 독설의 무서움을 너도 이해하게 됐는가. 독한 말은 신중하게 쓰지 않으면 너에게 돌아오는 법이다.

아이카의 이 표정은 화난 게 아니고 불쾌해하는 것도 아니니까 그렇게 두려워할 필요는 없지만.

잘 모르겠지만, 아이카는 뭔가를 알아차린 게 아닐까?

"방금 에링, 불러 줬죠?"

"무슨 말이야? 계속 멍하니 있느라 못 들었다는 거야?"

"아이카라고 불러 줬죠? 아야메이케가 아니라 아이카라고 불렀죠?! '있잖아, 아이카'라고 했죠?!"

아이카가 웃는 걸 보고 타카와시가 아차 하는 얼굴이 되었다.

불렀다. 확실하게 타카와시는 평소 사용하던 호칭인 '아야메이케'가 아니라 '아이카'라고 불렀다.

타카와시가 아무리 부정하든, 내가 증인이 되어 사실이라고 말해 주겠다.

"그건, 작은 실수야. 단순한 말실수….."

"말실수여도 말해 버렸다면 그건 진실이에요! 에링, 앞으로도 아이카라고 불러 주세요!"

아이카가 타카와시를 끌어안았다.

아아, 저거 호칭 변경을 받아들일 때까지 안 놔줄 생각이네.

"그레 군! 남자 친구니까 주의를 줘! 나는 실질적인 해를 입고 있어!"

"공교롭게도 자유방임이야. 너희끼리 알아서 해."

"맞아요! 아이카라고 불러 주면 바로 놔 줄게요!"

그날, 타카와시는 아이카를 이름으로 부르게 되었다.

3학년의 시작에 딱 좋은 변화이지 않을까.

「물리적으로 고립된 나의 고교 생활」 끝

오랜만에 뵙습니다. 모리타 키세츠입니다.

이 시리즈도 마지막 후기를 쓰게 됐습니다.

9권의 내용은 7권을 다 쓴 후에 당시의 편집자님이었던 타바타 님과 이야기하여 전부 결정해 뒀는데 어떻게 보셨나요? 아마 나리히라가 타카와시와 맺어지고 끝날 거라고 생각하셨던 분도 많지 않을까요.

실은 아주 예전 단계에는 저도 1권의 표지에 있는 히로인과 맺어져야 한다고 생각했었습니다. 다만 편집자님과 회의를 몇 번 거듭해 나가면서 '타카와시와 나리히라의 성격으로는 사귄다는 형태가 되지 않는다'라는 결론에 이르렀습니다. 그래서 최종적으로 이런 결말에 안착했습니다.

마지막 권이니 비화를 하나 풀겠습니다.

실은 이 시리즈, 1권의 최초 버전은 타카와시와 아이카의 포지션이 여러 부분에서 반대였습니다. 다만 저도 편집자님도 이건 뭔가 이상하다고 생각해서, 최종 마감일의 한 달쯤 전에 급히 전혀 다른 버전을 썼습니다. 그게 바로 지금의 『물리적으로 고립된 나의 고교 생활』입니다.

정말로 빠듯한 일정이어서, 난생처음 출판사에서 통조림도 경험했습니다…. 그래도 결과적으로 많은 분이 읽어 주시고, 굿즈가 만들어지고, 만화화된 것을 생각하면, 그때 결단하길 정말 잘한 것 같습니다. 아마 원래 형태로 냈다면 더 이른 권에 이야기가 끝났을 겁니다.

마지막으로 감사 인사를.

일러스트를 담당해 주신 Mika Pikazo 선생님, 정말로 멋진 일러스트를 그려 주셔서 감사했습니다. 덕분에 9권까지 이 이야기를 이어 올 수 있었습니다.

그리고 당시의 편집자님이었던 타바타 님, 통조림 작업 때는 서로 정말 지옥이었지만, 끝까지 완주하게 됐으니 읽어 주세요.

또한 관여해 주신 많은 분께 정말로 감사드립니다. 이만큼 시리즈를 길게 이어 올 수 있었던 것은 많은 분이 지지해 주셨기 때문입니다.

소설의 캐릭터는 많든 적든 실제 체험을 담는데, 나리히라도 그런 면이 있었습니다. 유난히 이론적인 것은 그 탓입니다. 다만 이제 나리히라는 작가의 손을 떠나 훌륭한 성격을 가진 녀석이 되었다고 생각합니다.

또 아이카, 타카와시, 에리아스, 란란(그리고 가끔 나리히라)

을 떠올려 주신다면 작가로서 무척 기쁠 겁니다.

그럼 또 만나요!

모리타 키세츠

물리적으로 고립된 나의 고교생활

물리적으로 고립된 나의 고교생활 [9]

2025년 3월 10일 초판 발행

저자 모리타 키세츠 | **일러스트** Mika Pikazo | **옮긴이** 송재희
발행인 정동훈 | **편집인** 여영아
편집 팀장 황정아 김은실 | **편집** 노혜림
발행처 (주)학산문화사 | 서울특별시 동작구 상도로 282 학산빌딩
편집부 02.828.8838(전화) | **영업부** 02.828.8986(전화)
홈페이지 www.haksanpub.co.kr | **등록** 1995년 7월 1일 | **등록번호** 제3-632호

BUTSURITEKI NI KORITSU SHITEIRU ORE NO KOKO SEIKATSU Vol.9
by Kisetsu MORITA
©2025 Kisetsu MORITA
Illustrated by Mika Pikazo
All rights reserved.
Original Japanese edition published by SHOGAKUKAN.
Korean translation rights in Republic of Korea arranged with SHOGAKUKAN
through INTERNATIONAL BUYERS AGENT LTD.
이 책의 한국어판 저작권은 일본 SHOGAKUKAN과의 독점계약으로 (주)학산문화사에 있습니다.
저작권법에 의해 한국 내에서 보호를 받는 저작물이므로 불법 복제와 스캔 등을 이용한
무단 전재 및 유포·공유 시 법적 제재를 받게 됨을 알려드립니다.

ISBN 979-11-411-5575-9 04830
ISBN 979-11-348-1466-3 (세트)

값 7,000원

나를 좋아하는 건 너뿐이냐 15

라쿠다 지음 | 브리키 일러스트

TV애니메이션 방영작!

"죠로는 팬지의 연인이 되었어. 그러니까 나는 이렇게 여기에 왔어." 크리스마스이브 당일. 약속 장소에 나타난 사람은 팬지가 아니라, 중학교 때 같은 반이었던 코사이지 스미레, 통칭 '비올라'. 뭐가 뭔지 상황을 전혀 받아들일 수 없는 나를 무시하고 데이트를 만끽하는 비올라. 게다가 말일까지 같이 있어 달라고? …아니, 녀석이랑 똑같이 너도 12월 31일이 생일이냐! …그래, 그 녀석. 내 연인인 산쇼쿠인 스미레코는 어디 있지? 연락도 안 되고, 다른 애들이랑 썬은 얼버무리기만 할 뿐. 그래도 너를 찾아내겠어. 하기로 결심했으면 한다. 그게 내 모토다. 뭐? 이 녀석이 힌트라는 게 진짜야…?!

(주)학산문화사 발행

이데올로그! 7

시이다 주조 지음 | 유우키 하구레 일러스트

리얼충 폭발 안티 러브 코미디, 최종권!

"로케 양이 학생회장 선거에 출마해 줬으면 해요." "나는 그렇게 사람들 앞에 나서서 이야기하는 건…." 학생회장 미야마에의 추천으로 내키지는 않았지만 차기 학생회장 선거에 입후보한 로케. 미야마에의 후원 덕분에 당선이 거의 확실해 보였지만…. "놀랐어요. 당신이… 입후보할 줄이야." 학생회 내부에 숨어 있던 복병, 서무 사지카와의 여러 방해 공작 때문에 선거전은 파란의 양상을 보인다. 이런 혼란 속에서 대성욕찬회의 과격파가 타카사고를 납치하는데…?!

(주)학산문화사 발행